永远的珍藏

中国神话

ZHONGGUO SHENHUA

爱阅鹿 编著

四川少年儿童出版社

图书在版编目（CIP）数据

中国神话 / 爱阅鹿编著. — 成都 : 四川少年儿童出版社，2023.9
（永远的珍藏）
ISBN 978-7-5728-1214-9

Ⅰ. ①中… Ⅱ. ①爱… Ⅲ. ①神话—作品集—中国 Ⅳ. ① I277.5

中国国家版本馆 CIP 数据核字（2023）第 143875 号

YONGYUAN DE ZHENCANG ZHONGGUO SHENHUA
永远的珍藏　中国神话

编　　著：爱阅鹿
出 版 人：常　青
项目统筹：朱小芳
责任编辑：秦　蕊　赖昕明
特约编辑：侯昌宇　林洁雯
内页绘图：段叶叶
美术编辑：李水娟
封面设计：梁微薇
责任印制：李　欣
出　　版：四川少年儿童出版社
地　　址：成都市锦江区三色路 238 号
网　　址：http://www.sccph.com.cn
网　　店：http://scsnetcbs.tmall.com
经　　销：新华书店
印　　刷：深圳市新联美术印刷有限公司
成品尺寸：255mm×185mm
开　　本：16　　印　　张：15　　字　　数：320 千
版　　次：2024 年 1 月第 1 版
印　　次：2024 年 1 月第 1 次印刷
书　　号：ISBN 978-7-5728-1214-9
定　　价：68.00 元

若发现印装质量问题，请及时与发行部联系调换。
地　　址：成都市锦江区三色路 238 号新华之星 A 座 23 层四川少年儿童出版社发行部
邮　　编：610023

前言

Preface

中国神话是由中华先民谱写的绚烂壮丽的诗篇，是中华传统文化组成部分中具有浓墨重彩的一笔。中国神话的内容多方面展现了中华文明的灿烂多姿和中华先民追求真善美的精神世界。

然而，以前关于神话的认知往往较为狭义，甚至需要严格地区分出神话和传说两种不同的题材，这容易让我们错失许多精彩的故事。因此，我们需扩大视野，从广义的角度去理解“神话”一词。

当代中国神话学大师袁珂先生曾在《中国神话传说》一书中对广义的神话展开讨论，他认为广义上的神话应包括神话、传说、仙话、历史等多方面内容，并且这些内容并非古代或上古所独有，而是在各个不同的历史时期，随着现实生活的发展和人们生活愿望的改变，陆续产生的一系列新的神话。为此，本书以广义上的神话为基准，择取了近 70 则中国神话，以尊重民族文化、传播传统文化、启迪教育为原则，通过生动的文字与精美的插图为读者呈现一个奇伟瑰丽的神话世界。

无论是神话、传说或民间故事，它们都有一个共同的特点——大都是流传久远、广为人知的经典。这些经久不衰的故事主题宽泛、意蕴悠长，它们或反映了古人对神秘的万物起源产生的奇妙想象，或表现了征服大自然时人类那勇敢无畏、敢以凡人之躯肩比神明的斗争精神，或讴歌那创造文明、造福人类的劳动英雄，等等。这也是我们要扩大视野看待神话的原因，因为神话所表达的精神实质更值得我们关注与重视。

本书也是一部献给中国少年儿童的中华传统文化读物，希望小读者在阅读本书的过程中，能够真切地感受到传统文化的魅力，汲取中华民族的优秀智慧，收获积极向上的力量。

目录
Contents

盘古开天地

Pan Gu Kai Tian Di

很久很久以前，天和地合在一起，世上没有山河湖海，也没有阳光雨露，整个世界黑暗沉寂，一团混沌，像一颗很大很大的蛋。

在这颗巨蛋中，盘古沉睡着。盘古一睡就是一万八千年。

这天，盘古做了一个梦，在梦里，他看见了绿油油的森林，还有各种可爱的动物在大地上奔跑。他还听到了美妙的声音。

盘古慢慢醒了，他满怀期待地睁开眼睛，可是他什么也没看见，眼前只是一片漆黑；他什么也没听见，四周一片寂静。

盘古想伸展一下身体，却好像被什么东西包裹住了，无法动弹。他使劲一挥手臂，咔嚓一声，巨蛋裂开了一条长长的缝隙，一道亮光透了进来。盘古看到身旁竟然有一把很大的斧头，于是他拿起斧头，使出浑身力气朝前方劈去。

轰——一声巨响后，巨蛋被一分为二。只见轻盈的云雾缓缓升起，变成美丽的天空；浑浊的尘土快速落下，变成绵延的大地。天空越来越明朗，大地越来越宽广，盘古开心极了。

但没过多久，盘古又忧虑起来，他担心天和地又会合起来，那该怎么办呢？要是有个东西支撑着天和地就好了。盘古四处寻找，可是天地之间哪有这么高大的东西呢？

最后，盘古只得把自己变得又高又大，双手托举着天空，双脚踏着大地。

每过一天，天空升高一丈，大地加厚一丈，盘古也增长一丈。

就这样，盘古稳稳地支撑着天地。过了一万八千年，盘古把天空举到了九万里高。天不再升高，地也不再加厚。看着天地之间一片壮阔景象，他非常自豪。盘古觉得倦了，于是他放松身体，躺在厚实的大地上，望着清澈的天空，慢慢地闭上了眼，再也没有醒来。

盘古呼出的气息一部分变成了和煦的春风，一部分变成了洁白的云朵，还有一部分变成了美丽的烟霞。

他的左眼变成了耀眼的太阳，把大地照得温暖透亮；右眼变成了皎洁的月亮，把夜晚装点得如诗如画。

盘古的头发和胡子变成了天上闪闪的星星；手臂的肌肉变成了高高的山脉；血液变成了奔腾的江河；经脉铺在大地上，变成了无数条大道；皮肤变成了肥沃的土地；汗毛变成了花草树木；汗水变成了滋润花草树木的露珠；骨骼则变成了无穷无尽的矿石和宝藏。

盘古用自己的力量开辟了天地，又将身躯变成世间万物。他是开天辟地的英雄，被后人永远铭记。

——据三国·徐整《三五历记》改编

混沌凿窍

Hun Dun Zao Qiao

在遥远的上古时代，西方天山上住着一位模样奇怪的神。从远处看，他像一个黄布口袋；从近处看，他又像一团燃烧的火。说他像人，可他长着四只翅膀，还有六只脚；说他像鸟，他又长着人的脸，只是脸上没有眼睛、鼻子、嘴巴，也没有耳朵。这位神便是混沌。

混沌有两个很好的朋友，一个是管辖南海天空的倏，一个是管辖北海天空的忽。倏和忽没事的时候，经常到天山上找混沌玩。混沌则会准备好美食，扇动翅膀，热烈地欢迎这两位朋友。高兴时，混沌还会献上舞蹈助兴。

有一天，倏和忽在半路遇到，他们有说有笑地结伴同行。倏问忽："混沌对我们这么好，我们该怎么报答他呢？"

"是啊，混沌每次都做好吃的来招待我们，我们确实应该予以回报。但混沌那里什么都有，我们又能给他什么新鲜的玩意儿呢？"忽苦恼地说。

“你有没有发现混沌的脸跟我们的不一样？”倏神秘地问。

“我怎么会不知道！他脸上什么都没有。”忽不屑地回答。

“咱们不都有一把神斧吗？咱们可以帮混沌开凿鼻子、眼睛和耳朵，还有嘴巴！每次有好吃的他自己都吃不进去。”倏兴奋地说道。

“这个主意着实不错！”忽已经有些迫不及待了。

倏和忽加快步伐来到天山上，把他们的想法告诉了混沌。也不知道混沌是否明白了他们的意思，反正他点头答应了。

倏和忽当天晚上就行动起来。他们小心翼翼地在混沌的脸上开凿着，整整一夜没睡，替混沌开凿出了一只右眼。太阳升起时，混沌第一次看见了这个世界，还有两位好朋友的面容，他不断地眨着眼睛，惊喜极了。

倏和忽看见混沌这么高兴，浑身充满了干劲，又花了一天时间为混沌开凿出了左眼。这时候正是黄昏，太阳的余晖把天空照得红彤彤的，十分漂亮。有了两只眼睛的混沌看到这么美的景色，高兴得流下了眼泪。

就这样，倏和忽一连忙碌了六天，为混沌凿出了眼睛、鼻子、耳朵，七窍已完成了六窍，只剩下嘴巴没完成了。倏和忽看着能看、能闻、能听的混沌，高兴极了，他们忍不住喝酒庆祝，喝得酩酊大醉。

第二天，太阳都爬上树梢了，倏和忽才昏昏沉沉地醒过来，他们赶紧拿起斧头继续为混沌凿。可昨晚酒喝得太多，倏和忽的眼有点花，手也有点抖。他们把混沌的嘴巴凿得有点歪，不过总算是凿完了。

倏和忽放下斧子，期待混沌说说话，却发现混沌已经一动不动了。他们大声喊，用力推，混沌始终没有反应。原来，混沌因为被凿开了七窍，死掉了。

倏和忽本想报答混沌，没想到却害他失去了性命。但后悔已经来不及了，他们只能把混沌安葬好，依依不舍地离开了天山。

——据战国·庄周《庄子》改编

女娲造人

Nü Wa Zao Ren

世界开始形成的时候，天空还是彩色的，美丽又迷人。苍穹之下，山峰绵延，河水流淌，野草疯长，鸟、兽、鱼、虫都是欢快的模样。

这天，太阳照常升起，红霞满天，染了大半个天空。一个高大而优雅的身影向着朝阳走来，她叫女娲。她坐在那儿好像一座山，宁静地端详着这个世界。美极了，美极了！可是，她又总觉得缺了点什么。是啊，这种美妙的感受可以跟谁分享呢？

环望四方，众鸟高飞，群鱼潜水，树木手拉手，花草挤成团。只有女娲孤零零一个人。她想问问太阳，为什么每天都要升起又落下？这样日复一日的生活又有什么意思呢？她感到了孤独和哀伤。

女娲缓缓地蹲下来，从地上抓起一团泥土，捏成了一个与自己很像的小人儿。她放在地上，这个小人儿竟然动了起来，跳着喊道："妈妈，妈妈！"

女娲不禁眉开眼笑。她又日夜不停地捏出了许多活蹦乱跳的小人儿。时间久了，女娲感觉累了。

女娲顺手从山上抓来一根长长的藤蔓，在泥里蘸了蘸，用力一甩。甩到地上的大大小小的泥点，也都变成了活生生的人。就这样过了许久，女娲已经疲惫不堪。她把藤蔓丢在地上，背靠着大山睡着了。她的呼吸平稳而安宁，弥漫在天地之间。

不知过了多少年，轰隆一声巨响惊醒了女娲。原来，支撑天地的大柱子

被谁撞坏了！天空被撕了一个大洞，大地倾斜，洪水汹涌，淹没了很多地方。原本美丽的世界一下子变得破败不堪。

女娲万分着急，跑遍各地去寻找补天的石头和冶炼用的柴火。她气喘吁吁地把柴火堆在天空的破洞下面，又把五颜六色的石头填进洞里。炼了几十天，她才把缺失的天空补全。

洪水逐渐消退。一群人跑到女娲跟前向她道谢。可是，他们来自各个地方，口音十分杂乱，还伴随着一些争吵。女娲摇摇头说："我还是喜欢你们刚变成人时的样子。"说完，女娲又倚着山峰睡去了。

听到女娲的话，衣衫不整的人们连忙捂紧了自己的衣服默默地走了。

——据西汉·刘安《淮南子》改编

燧人氏钻木取火

Sui Ren Shi Zuan Mu Qu Huo

轰隆隆……轰隆隆……震耳欲聋的雷声从天上传来，一道道闪电像刀剑一样劈向大地。

咔嚓！一棵大树被闪电劈倒，瞬间燃起熊熊大火。野兽们窜出森林，人们吓得东躲西藏。

混乱中，野兽到处奔跑，却一直不敢靠近燃烧着的大树。一个少年发现了这一点，于是向人群大喊："大家不要乱跑，到那棵着火的大树旁！野兽害怕火！"

听到这个少年的话，大家迅速跑到大树旁，围在一起。野兽在远处嗷嗷大叫，却不敢向前。过了一会儿，野兽终于灰溜溜地走了。

啪！一只飞鸟不小心撞到树上，掉进了燃烧的火焰。接着，空气中飘来一股香喷喷的味道。

"好香啊！"一个嘴馋的小孩使劲儿闻了闻。

少年找来一根长木棍，把小鸟从火里取了出来。他把鸟肉撕开，分给大家品尝，果然美味极了。

人们第一次吃到香喷喷、热乎乎的鸟肉，纷纷赞叹。

"要是这火永远不会熄灭就好了，这样野兽就不敢再来了。"一位老人说。

"还能吃到香喷喷的肉！"一个小孩天真地说道。

可是，大树很快被烧焦了，火渐渐熄灭，空气变得又湿又冷。

“我要去寻找能生出火的方法！”少年向大家表明了决心。

早晨，少年带着大家的祝福上路了。他爬过无数座陡峭的高山，蹚过无数条凶险的河流，夏天顶着烈日，冬天披着风雪，勇敢坚定地走在寻找火种的路上。

他走啊走，走到一片漆黑的地方，看不见太阳、月亮和星星。他揉了揉眼睛，还是什么也看不见，只听见耳边传来野兽的嚎叫声。

少年明白，自己走到燧明国了。这里是大地的边缘，月亮和太阳无法照到。

“这里伸手不见五指，怎么可能会有火苗呢？”少年有些气馁。

他又摸索着走了一段路，隐约看到了一束微弱的光。他开心地跑了过去，发现是一棵大燧木。它枝叶茂盛，树冠巨大，能覆盖一万多亩地。

少年走累了，就到燧木下休息。他发现，树干的四周竟然闪耀着火花，就像闪烁的萤火虫，把周围照得亮亮的。

少年既好奇又兴奋。他还看到许多鸟儿在树上找虫子吃，鸟儿每啄一下树干，就飞溅出星星点点的火光。

少年也折了一根燧木的树枝，用力在树干上撞击了几下，果然看见火花像烟花一样四处飞散。少年喜出望外，于是找来更粗的燧木枝，在树干上钻啊钻，慢慢地，树干开始冒起烟来，终于，一股火冒了出来！

回到家乡后，少年把钻木取火的方法教给了人们。从此，人们再也不用生活在黑暗和恐惧中了。人们十分感谢这位聪明的少年，尊称他为“燧人氏”。

——据东晋·王嘉《拾遗记》改编

神农尝百草

Shen Nong Chang Bai Cao

很久以前，南方有一个叫炎族的部落。有一天，部落里出生了一个神奇的小孩，这个小孩的头上长着一对牛角，身子是透明的。在他出生的那一刻，他家周围竟然凭空出现了九口水井，而且井里的水又凉又甜。

这个小孩长大后成了部落的首领，他就是炎帝。

那时候，人们不会种庄稼，只会打猎、捕鱼和采野果。所以，人们运气好，就能找到好吃的，大吃一顿；运气不好，人们就得饿肚子。

炎帝不愿看到大家饿肚子，忧心忡忡地来到大树下想办法。这时，从远处飞来一只喜鹊，它的嘴里衔着一株漂亮的植物，正好掉在了炎帝的头上。

“这只神鸟在给我什么提示呢？不如把它插到土里看看。”

炎帝想着，便小心翼翼地把这株植物埋到了土里。过了一段时间，这株植物结出了一串串饱满的果实，从绿色慢慢变成金黄色。炎帝捏开果实那薄薄的外壳，里面露出了晶莹剔透的白色颗粒。他尝了尝，又香又甜，说：“就叫它‘禾’吧！”

炎帝开心极了，赶紧将这种植物的种植方法教给大家。后来，他还学会了种植小米和大豆。他带领大家开垦农田，使人们从此不再食不果腹。人们感谢炎帝的恩德，奉他为“神农”。

炎帝还有一条红色的神鞭。无论什么植物，只要用鞭子轻轻一打，就可以根据鞭子的痕迹判断出植物是寒性还是温性。

有一年春天，天气潮湿多雨，很多人都生病了。炎帝就拿着神鞭，背着两个布袋上山采药。

但是，炎帝的神鞭虽然能够分出植物的寒热，却无法判断植物是否有毒。炎帝看着自己透明的肚子，心生一计：我何不尝尝这些植物，看看它们在我身体里会起什么反应呢？

炎帝利用神鞭找到不同的植物，一边尝它们的药性，一边观察自己身体的变化。他把能作食物的放在左肩的布袋里，能当药材的放进右肩的布袋里。

炎帝还发现了一株奇特的植物，把它一放到嘴里，人瞬间便感觉神清气爽。相传，炎帝在尝各种植物的过程中曾中毒，后皆由这株奇特的植物来解毒。于是炎帝给它起名为“茶”。炎帝还发现了能润肺清热的“甘草”，能强筋活血的“牛膝”等等。据说，炎帝尝过的植物超过了三十九万八千种。

为了找到能给百姓治病的草药，炎帝一刻也不敢停歇，他几乎尝遍了所有的植物，甚至有时一天就中过七十次毒。

这天，炎帝在森林里看到一株开着小黄花的草，它的叶子在风中一开一合，十分有趣。炎帝拿出神鞭打在它的身上，奇怪的是，它的药性并没有显现出来。为了探个明白，炎帝摘下几片叶子放进了嘴里。

没想到，炎帝刚咽下去没多久，他就感到腹部一阵剧烈的绞痛，他的额上滚下豆大的汗珠，他来不及吃解毒草就死去了。后来，人们便把这种可怕又可恨的草叫作“断肠草”。

——据西汉·刘安《淮南子》改编

伏羲结网

Fu Xi Jie Wang

在遥远的北方，有一位活泼聪明的姑娘叫“华胥氏”。这天，她来到一个叫雷泽的地方。阳光洒在绿油油的森林里，小鸟唱起悦耳的歌，花儿在风中翩翩起舞，树叶哗哗地奏起了音乐。

华胥氏在树林中走着。她看到前方有一大片空地，空地上有一个大大的脚印。她一边好奇地观察，一边轻轻地踩了上去。可这脚印实在太大了，人的脚踩上去都无法盖住它的一个脚指头。

原来这是雷神的足印，具有非凡的神力。

忽然，一道白光从地面冒出，将华胥氏包围起来。华胥氏感到身上暖烘烘的。回家后，华胥氏发现自己怀孕了。直到十二年后，她才生下了肚里的孩子，并给他取名叫“伏羲”。

伏羲长着人的脑袋，蛇的身子，从小就很聪明。

一天，伏羲带领大家到野外捕猎，遇到了倾盆大雨。大家忙活了一整天，什么都没抓到。每个人都饿得没精打采的，伏羲也闷闷不乐。

这时，河里忽然传来了扑通声。接着，一条又肥又大的鲤鱼跳出了水面。扑通、扑通，这儿跳起一条，那儿又跳起了一条。伏羲走到河里，弯着腰，全神贯注地盯着水面。鱼一冒头，他就伸手快速抓住鱼头，就这样捉到了好几条鱼。他开心地把鱼抱回家，把鱼肉撕下，分给大家品尝。人们这才发现，鱼肉不仅能填饱肚子，而且味道非常鲜美。

于是，伏羲就教大家如何抓鱼。

没过多久，龙王就带着龟丞相来找伏羲。他愤怒地说：“大胆的伏羲，你怎么可以到河里抓我的鱼？给我住手！”

聪明的伏羲并没有被龙王的气势吓倒，反问道：“我们是食物不够吃才到河里抓鱼的，你不让我们抓鱼，难道是想让大家饿死吗？”

伏羲说得很有道理，但龙王依然非常生气。这时，龟丞相在龙王耳边悄悄地说：“他们必须靠双手才能抓到鱼。那就让他们抓鱼，但不能用手，这样他们就抓不到了。”

于是龙王便对伏羲说：“你们可以抓鱼。但是，不能用手抓！”

伏羲知道龙王在故意为难他们，但鱼类毕竟在龙王的管辖范围内，他们也只能答应这个要求。龙王走后，伏羲就开始发愁了，不用双手怎么能抓到鱼呢？

这天，伏羲走到一棵大树下，无意中看见树枝上有一只正在结网的蜘蛛。它正吐着细细的丝，绕着同一个方向一圈又一圈地织网。不一会儿，一张结实的网就织好了。一些小昆虫飞过的时候，通通被网拦住了，并且怎么也挣扎不开。

伏羲灵光一现：“蜘蛛可以织网捕捉昆虫，我们为什么不可以织网来捕鱼呢？”于是他找来藤条、木棍，学着蜘蛛织网的样子，织出了一张粗糙的大网。

他将大网投进河里，过一会儿再拉上来。经过多次尝试，他终于用网捕到了许多活蹦乱跳的鱼！伏羲开心极了，又把织网捕鱼的方法教给了大家。

后来，大家不仅学会了织网捕鱼，还学会了用网捕猎等。从此人们再也不用挨饿了。

——据先秦《山海经》改编

黄帝大战蚩尤

Huang Di Da Zhan Chi You

黄帝打败炎帝后，坐上了天帝的宝座。然而，有一个叫蚩尤的巨人并不服他，一直蠢蠢欲动。据说蚩尤是炎帝的孙子，炎帝战败之后，他心里一直憋着一口气，立誓要洗掉祖父战败的耻辱。

蚩尤身材魁梧，铜头铁额，看起来就像一头野兽。他不仅外形奇异，吃的东西更是让人费解。他不吃肉也不吃蔬果，却吃些沙子、石头和铁块。他还擅长制作兵器，制出来的矛、戟和弓箭都尖利无比。

一个蚩尤已经让人很害怕了，更可怕的是他还有七十二个兄弟，而且他的这些兄弟个个都报仇心切。蚩尤把他们召集起来，接着又去号召苗民。

这些苗民本来是黄帝的后代，但因为被黄帝疏远，心中便充满怨恨。于是，大部分苗民都加入了蚩尤的部落。除此之外，南方山林水泽间的魑魅魍魉也加入了蚩尤的部落。蚩尤打着炎帝的旗号，统率全军，浩浩荡荡地向黄帝进攻。

黄帝打败了炎帝，本以为可以高枕无忧了，没想到蚩尤已经攻到了涿鹿。黄帝大惊，赶紧召集四方鬼神和熊、貔貅、虎等各种野兽，准备迎战。

战争刚开始，蚩尤的队伍表现得非常勇猛。黄帝招架不住，连吃了好几场败仗。

这天，双方打到了一片原野上，蚩尤见四处平坦，没有任何遮挡，就施了个法。过了一会儿，大雾铺天盖地而来，就像一个巨大的纱帐，把原野罩

了起来。黄帝和他的队伍被大雾包围，分不清东南西北。蚩尤的队伍却在大雾中时隐时现，他们露着铜头铁额，挥着兵器，见人便杀。大雾中鲜血四溅，惨叫不断，场面十分惨烈。

“振作精神，冲出去！”黄帝手舞宝剑，站在战车上大声喊叫。他的嗓子都快喊哑了，可士兵们还是一片慌乱。

就在黄帝愁眉不展时，他的臣子风后想到了一个办法。他对黄帝说：“我夜观星象，发现北斗星的斗柄总是指向同一个方向，我们要是有一个类似的东西，不就能辨别方向了吗？”风后就使出浑身本领，用磁石造了一辆“指南车”。在指南车的指引下，黄帝的部队终于冲出了大雾。

黄帝修整军队准备反击。他想出了一条计策：“蚩尤可以用魔法招来大雾，我们为什么不可以降下大雨进行反击呢？”于是他吩咐应龙行云布雨。可还没等应龙把雨降下来，蚩尤已先行一步请来了风神和雨神。狂风暴雨将黄帝的部队吹打得四处逃散。

黄帝见情况不妙，赶紧把她的女儿魃从系昆山召来。魃常年穿着青色的衣服，虽然长得很矮小，但身体里却藏着无穷的能量。魃一到战场，便让狂风骤雨消失得无影无踪。太阳重新挂在天上，热得像火烧一样。黄帝部落趁势反攻，把蚩尤的队伍打退了。

魃为父亲打赢了这场战役，但她因耗费了太多的神力，无法再回到天上。于是她走到哪里，哪里就大旱。人们忍受不了，就想方设法驱赶她。最后，黄帝把魃安排在赤水以北的地方生活。

经过这场战争，蚩尤虽然损失了部分兵力，但实力依然强劲。过了不久，他又发动了新一轮进攻。面对无休止的战争，黄帝部落的士气渐渐低落下去。

后来，黄帝想出了一条妙计。他命人抓来一只叫夔的野兽，用它的皮做成了一面鼓。然后又派人把雷神抓来，从雷神的身体里取出两根骨头做成鼓槌。黄帝用雷神骨头做成的鼓槌敲打夔皮做成的鼓，鼓声震耳欲聋，将蚩尤的队伍吓得魂飞魄散。黄帝部落士气大增，乘势追击，把蚩尤部落打得落荒而逃。蚩尤也被黄帝生擒。

黄帝对蚩尤恨之入骨，擒获蚩尤后便把他杀了。沾满蚩尤鲜血的枷锁被扔在荒野中，变成了一片枫林。每到秋天，枫叶就会变得鲜红，仿佛还在诉说蚩尤的不甘。

——据先秦《山海经》改编

黄帝铸鼎

Huang Di Zhu Ding

黄帝统一天下后，不再征战，带着风后和常伯两个大臣周游天下。他们腾云驾雾，来去自如，一瞬间就可以游行万里。

他们去过最有趣的地方要数西方的大沙漠，叫作“洹流”。那是一片浩瀚的沙海，沙子非常细，能像水一样流动。脚一踩到沙子上，就会往下陷，沙下面深不可测。风扬起沙子，就像迷雾一样。许多长着翅膀的龙、鱼、甲鱼之类的动物，就在这片沙雾中飞来飞去。

流沙中还生长着一种奇异的植物，名叫“石蕖”，就是“石荷花”。这种花坚硬又轻巧，一根茎上生着百片叶子，一千年才开一朵花。它的叶子绿油油的，飘浮在流沙上面，就像浮在水面上一样，非常美丽。

除了游历各地之外，黄帝还有一件心事，就是要彰显自己在人间创下的功绩。

他命人开采首山的铜，运到荆山脚下去铸鼎。铸成的宝鼎有一丈三尺高，比装十石谷的瓮缸还要大。宝鼎四周雕有腾云的龙、四方鬼神和各种奇珍异兽。

黄帝为此举办了一场庆功大会。天上的诸神和八方百姓都赶来了，普天同庆，非常热闹。

在庆功会上，还出现了一条身披鳞甲的神龙。它从云里探下半截身子，龙须垂在宝鼎上。黄帝知道，这是迎他回天庭的使者来了，于是纵身飞入云海，跨上龙背，朝天上冉冉升去。

参加庆功会的人们也想上天，但他们无法骑上龙背，于是便争先恐后拽着龙须。龙须禁不住那么多人的拉扯，纷纷掉落。黄帝的宝弓原本挂在龙须上，也掉了下来。人们有的抱着宝弓，有的抱住龙须，都号啕大哭起来。

人们误以为黄帝立了战功，因而得道成仙，飞上天去了。其实黄帝本就是天帝，是掌管三界的神明，只是为了平定蚩尤的叛乱，才来到了人间。

那张落在凡间的宝弓，名叫“乌号”；龙须掉下来的地方叫作“鼎湖”。后来，那些掉下来的龙须都长成了草，就是今天的龙须草。

——据西汉·司马迁《史记》改编

仓颉造字

Cang Jie Zao Zi

仓颉姓侯冈，号史皇氏，是黄帝时的史官。据说他目光如炬，博闻强识，智慧非凡。黄帝专门派他管理粮食和牲口的账目。

那时，人们都用结绳的方法记事——大事打一个大结，小事打一个小结，相连的事打一个连环结。仓颉也用结绳的办法来记录账目，可是后来仓库里的东西越来越多，光靠结绳已经记不过来了。

有一天，仓颉走到一个三岔路口，看见三个猎人在那里争辩。一个猎人说："该往西走，西边有老虎。"另一个猎人不同意，说："该往北走，北边有鹿群。"剩下那个猎人也不甘示弱，他说："应该往东走，东边有很多羚羊。"仓颉觉得很奇怪，就上前去问："你们怎么知道东边有羚羊，西边有老虎，北边有鹿群，是谁告诉你们的？"

猎人们笑了，说："你连这个也不懂吗？每种动物的脚印不一样。地上这些都是新鲜的脚印，你看看它们的样子和方向，不就能知道了吗？"

仓颉恍然大悟：一个简单的脚印就能代表一种动物，那其他东西是不是也能用一种符号来表示呢？

于是，他白天四处游历，观察地上的山川草木、鸟兽鱼虫，夜晚观看天上的月亮和星星。每看到一样事物，仓颉都要仔细地观察和思考，并将它的特征记录下来。过了一段时间，他总结出许多事物的特征，并造出不同的符号来表示这些事物。

仓颉最先造的字基本都是依照事物的形状画出来的。比如“山”字像山一样高低起伏，“日”字像太阳一样圆润。他用自己创立的这些符号来记事，方便又准确。

仓颉想让更多的人来使用自己创立的这些符号，便把它们献给了黄帝。黄帝对他大加赞赏，认为这是一个伟大的发明，就命仓颉到各个部落去传授这些符号。渐渐地，这些符号被推广开来，形成了一种约定俗成的文字。据说，我们今天所使用的汉字，便是这些象形文字在几千年的历史中逐渐演变而来的。

——据西汉·刘安《淮南子》改编

刑天舞干戚

Xing Tian Wu Gan Qi

众神为了争夺最高领导权，曾掀起了几场大规模的战争，使得人间哀号遍野，血流成河。最后，黄帝打败了各个部落，成为统领众神的天神。

炎帝被黄帝打败后，无奈到南方安定下来。刑天是一个无名巨人，也是炎帝的臣子，便跟随炎帝到了南方。他为炎帝感到不平，多次劝说炎帝举兵复仇，但炎帝已经不想再发动战争了。

后来，蚩尤也败给了黄帝。刑天再也按捺不住心中的怒火，决定单独行动，去和黄帝一争高下。他左手拿盾，右手拿斧头，偷偷地离开了南方。一路上，他经过了许多关卡，砍杀了无数天兵天将，一直杀到了黄帝所在的宝殿。

黄帝此时正在休息。他见刑天满身血迹，一脸杀气，不由得怒从心起，拔出宝剑便跟他厮杀起来。

砰砰锵锵……一时间，宝剑与利斧交锋，火星四溅，宫殿内外被搅得天昏地暗。他们从天上杀到了常羊山，大战了整整三天三夜，依旧难分胜负。

后来，黄帝发现刑天的后颈是他的薄弱之处，于是看准时机，握紧宝剑，砍了过去。哗的一声，刑天巨大的头颅从脖子上滚下来，落到了山脚下。

刑天顿时像发了疯一样，挥舞着巨大的手臂，寻找自己的头颅。只要他触碰过的地方，草木枯萎，岩石也崩裂开来。

黄帝又提起手中的宝剑，朝着常羊山用力劈去。轰的一声，常羊山被一分为二，刑天的头颅滚进了裂开的山谷中。随后，大山又合为一体。

刑天站在原地，呆住了。他再也找不回自己的头颅了。

他在空中疯狂地挥舞着斧头和盾，身体也不知不觉地发生了变化：他的两乳变成了喷着黑火的眼睛，肥大的肚脐变成一张不停咒骂的嘴巴，赤裸的上身变成了他的头颅。

黄帝也被刑天的气势吓到了。他回到天庭，不再同刑天作战。而失去头颅的刑天依然在常羊山挥舞着武器，叫骂着。

——据先秦《山海经》改编

火神祝融

Huo Shen Zhu Rong

燧人氏教会了人们钻木取火，大家学会了用火烧饭、取暖，越来越离不开火。

祝融是一位氏族首领的儿子，出生时取名为黎。他的脸像火一样红彤彤的，脾气也像火一样暴躁。祝融特别喜欢火，常常研究如何能更快地钻木取火，十几岁时就成了一位生火的高手。

有一天，祝融的父亲要带着族人从北方迁到南方。他对祝融说：“咱们要走很远的路，一路上你要给族人生火，任务很艰巨，你能完成吗？”

“没问题，您就放心吧！”祝融信心满满地回答。

他们来到一个水草丰茂的地方，还没安顿下来，天空便下起了倾盆大雨。一眨眼的工夫，大家就被淋透了。祝融用来取火的干木头和尖石头也被淋湿了。

眼看天色渐渐暗下来，大雨还是没有停的迹象。这时，见大家又冷又饿，父亲对祝融说：“你快给大家把火生起来，我们好一边做饭一边烤火取暖。”

祝融拿出湿透的木头和钻火用的尖石头，认真地钻起火来。可钻了半天，祝融累得满头大汗，木头却只冒烟不起火。

祝融又连续钻了几个时辰，他的两眼被烟熏得一直流眼泪，却还是不见火花。

“这个破东西，要来何用？”祝融火冒三丈，把手中的石头重重地扔了出去。

咔嚓！那块被钻得火热的石头撞到了山洞的石壁，冒出了一连串耀眼的火星。祝融眼睛一亮，急忙在山洞里找来更多干燥的石头。他拿起两块石头一碰，石头顿时冒出了许多火星。该怎么利用这些火星来生火呢？祝融急得抓耳挠腮。

这时，他看见山洞里有一堆干芦花。“有了！”祝融兴奋地大喊。他跑过去把芦花抱过来放到石头下，然后用力击打石头。火星不断地落到芦花上，不一会儿，芦花果然烧起来了。祝融用嘴轻轻一吹，火烧得更旺了。

黄帝听说了祝融击石取火的事，觉得祝融十分聪明能干，就把他请去，封他为专门保管火种的火正官。黄帝十分看重祝融，不管是出游还是打仗都带着他。祝融也充分发挥他的才智，为黄帝立下了很多功劳。为了嘉奖祝融，黄帝又封他为火神。

祝融发明击石取火的方法后，人们再也不用为取火和火种的保存而烦恼了。需要用火时，只要用取火石相互碰击就能生火，大大方便了人们的生活。人们十分感激祝融，尊称他为“赤帝”。

——据先秦《山海经》改编

雨神赤松子

Yu Shen Chi Song Zi

很久以前，炎帝教会了人们种粮食。人们在春天播种，到了秋天就能收获金灿灿的稻谷和麦子，人们因此过上了安稳、富足的生活。

可是，好景不长。这一年，天不下雨，河水断流，庄稼全都枯萎了。炎帝看着枯黄的庄稼，心里非常着急，四处打听降雨的办法。

炎帝请巫师来作法。巫师们在大殿上设立祭坛，作法祈雨。可过了好久，依然一滴雨都没有下。到了秋天，颗粒无收，好多人被活活饿死。炎帝非常痛心。

正在炎帝一筹莫展之际，一位白发老人拄着拐杖走来，说道："在遥远的深山里，有一个叫赤松子的人，他懂得求雨的法术。"

"赤松子？"炎帝喜出望外。他马上派了几个健壮的年轻人去寻找赤松子。几个年轻人顶着烈日走了几天几夜。一路上土地干裂又滚烫，把他们的脚都烫伤了。

终于，他们来到一座大山前。山里的树木郁郁葱葱，山谷里吹来一阵阵微风，鸟儿欢快地叫着，鲜花随风飘动，香气扑面而来。

"真凉快！赤松子一定在这里！"年轻人激动起来。

他们找啊找，终于在一个岩洞中见到了一个老头儿。老头儿戴着树枝编的帽子，穿着用茅草做的衣服，下身围着用兽皮做的裙子，光着一双大脚。这就是赤松子。

赤松子在山中生活多年，每天在花草树木中游走，与飞禽走兽为友，渴了就喝甘露，饿了就吃草药。

几个年轻人走到赤松子面前，扑通一声跪了下来。赤松子吓了一跳，忙问："你们这是干什么？快快起来，有话好好说。"

"我们听说您会求雨，就不远千里来找您，求您发发慈悲，救救我们吧！我们那里已经一年没下过雨了，再这样下去，庄稼长不成，人也会渴死、饿死。"年轻人说着说着快哭了。

赤松子听了，赶紧把年轻人扶起来，说道："这旱灾百年一遇，降雨也不是那么容易，我需要一株万灵仙草才能作法。"

众人听了，急忙问道："如何才能找到万灵仙草呢？"

赤松子没有说话，拿上求雨的法器，带着几个年轻人来到另一座大山脚下。赤松子在山前做了敬拜仪式，说道："大家照我的指令默念仙草的名字，我手中的法器就会帮助我们找到仙草。"

几个年轻人就照着赤松子的指示，嘴里念念有词，跟随赤松子走进了深山。随着越来越强烈的召唤，仙草咻的一声飞了出来。赤松子拾起仙草，带着众人赶往炎帝的部落。

一到炎帝的部落，赤松子就被袭来的一股热浪熏得浑身难受。看着干枯的大地和倒下的人们，他心里也难受极了。

赤松子立刻走上祭坛，拿出法器。一会儿工夫，天空便乌云密布，随后便下起了倾盆大雨。豆大的雨滴落在人们的脸上、身上，落在干裂的土地上，发出悦耳的声音。

“下雨啦！下雨啦！”人们欢呼着，纷纷从家里拿出了各种器皿，高兴地接着这来之不易的雨水。

由于干旱的时间太长，一场大雨远远不够，赤松子便不停地施法，让大雨下了几天几夜。大地上的裂缝合拢了，一株株小草从土里钻出了脑袋，一棵棵大树挺直了身躯，小动物活蹦乱跳起来，河流又唱起了歌，欢快地向远方流去。

人们十分感激赤松子，不仅拜他为雨神，还专门给他建了寺庙来祭拜他。

——据东晋·干宝《搜神记》改编

西方天帝少昊

Xi Fang Tian Di Shao Hao

皇娥是天上的仙女，不仅聪明漂亮，而且双手灵巧，能织出很多漂亮的布。无论她走到哪里，都有精灵在她身边飞舞。

这天，皇娥乘着一只木筏在银河游玩。她迎着美丽的银河溯流而上，一直来到了西海边。这里有棵名叫“穷桑”的桑树，足有一万丈高。穷桑的叶子红彤彤的，桑叶下还藏着一串串饱满的桑葚。

皇娥下了木筏，看着美丽的穷桑，开心地跳起了舞。精灵们也跟着她翩翩起舞，天上的鸟儿也唱起动听的歌。这时，远处传来一阵琴声。一位穿着白衣的少年乘着木筏向穷桑漂来了。

“姑娘，你的舞姿真美，希望我的琴声没有打扰到你。”少年微笑着说。

“公子的琴声十分动听！”皇娥灿烂地笑着，飞向了岸边的木筏。

“如果你愿意听，我就为你弹奏最动听的曲子。”少年真诚地说道。皇娥欢喜极了。这个少年其实是白帝的儿子。

他们漫游在银河上，悦耳的琴声回荡在河畔，皇娥不由自主地唱起歌来。他们二人情投意合，后来生下了一个儿子，取名少昊。

奇怪的是，少昊既没有继承父亲的英俊潇洒，也没有继承母亲的美貌，反而长着鸟儿的脑袋，嘴巴又尖又长，头上还长着羽毛，像极了凶猛的鸷鸟。

少昊很喜欢跟鸟儿们待在一起。一听到叽叽喳喳的叫声，他的心里就暖烘烘的。少昊的心里一直有一个梦想，就是长大后建立一个鸟儿的王国。

少昊慢慢长大了，他真的到东方建立了一个属于自己的王国。这个王国常年阳光明媚，百花盛开，草木繁盛，住着各种各样的鸟。

王国里的鸟儿各有各的特点，鹫鸟长得威武，性情凶猛，少昊让它掌管兵权。老鹰铁面无私，动作敏捷，少昊让它掌管法律。布谷鸟养育孩子公平公正，负责掌管建筑营造。燕子叫声婉转，爱在春天里活动，就让它管理春天。伯劳性情热烈如同盛夏，就管理夏天。鹦雀爱吃种子，就管理秋天。锦鸡的羽毛艳丽，可以装点冬天的苍凉，就让它管理冬天。凤凰美艳大气，总管四季……

鸟儿们得到少昊的重用，都非常开心。它们各司其职，把王国管理得井井有条。

少昊的侄子颛顼听说叔父建立了一个鸟的王国，感到十分好奇。此时的颛顼还是一个贪玩的少年，少昊便为他精心制作了琴和瑟，让他在鸟的王国中弹奏。后来，颛顼长大了，不得不离开这里，少昊就把琴和瑟扔进了海里。所以，每当月色笼罩大地，海浪轻轻涌起时，海上都会传来一阵阵美妙的音乐。

待少昊人面鸟身的儿子“重”长大后，少昊就让他管理这个王国，自己则带着另一个儿子“该”回到自己出生的地方，做了西方的天帝。

——据东晋·王嘉《拾遗记》改编

巫山神女

Wu Shan Shen Nü

炎帝有个古灵精怪的女儿瑶姬，大家都非常喜欢她。可是瑶姬还没嫁人就生病去世了。炎帝把她葬在了巫山南面，封她为巫山神女，命她守护巫山。

巫山的灵气滋养了瑶姬的灵魂，让她渐渐化成了一株瑶草。这株瑶草长得枝繁叶茂，每年都会开出黄色的小花，结很多小小的果子。女孩子吃了这种果子会变漂亮，男孩子吃了会变得更加强壮。

每当太阳升起时，瑶姬就会变成美丽的云彩，在山岭和峡谷之间自由地穿行。每当太阳下山时，她又会化为一阵雨，滋润万物。千百年来，瑶姬就这样化作朝云和暮雨，笼罩着巫山的大地。

战国末年，楚怀王到云梦泽游玩。他感觉有些疲累，就到一座叫“高唐”的楼台里午睡。睡梦中，一位美丽的仙女在他身旁翩翩起舞。这位仙女挥舞着云烟一般轻薄的衣袖，看得他如痴如醉。

仙女离去时伤感地对楚怀王说：“我叫瑶姬，但我的肉身已经不存在了。现在我是朝云和暮雨的化身，你以后可能就见不到我了。”说完，瑶姬就消失了。

楚怀王从梦中醒来，怅然若失，久久不能忘怀。于是，他在高唐附近给梦中的瑶姬修建了一座庙，取名为“朝云”。后来，宋玉与楚襄王游览云梦泽，十分感慨，便写了一篇《神女赋》，流传至今。

——据先秦《山海经》改编

夸父逐日

Kua Fu Zhu Ri

在遥远的大荒之中，有座山名叫“成都载天”，这座山高耸入云，站在山顶可以触摸到软绵绵的云朵。

这座山里住着身材异常高大的夸父族。当他们站起来时，简直就像一座小山，他们坐下时比大树还高。他们的首领便是夸父。

夸父的爷爷后土曾是幽都的统治者。幽都是一个黑色的国度，那里的鸟是黑色的，蛇是黑色的，狐狸是黑色的，连山和人也都是黑色的。

看守幽都城门的是一个名叫土伯的巨人。他有着老虎的头和水牛一样庞大的身体，额头上还长着三只眼睛。若是有鬼魂想要逃跑，他就会摇晃着头上锋利的角，张开肥大的手掌，把他们通通抓回来。幽都的守门人都这么厉害，后土的威严就更不用说了。后来，后土生了信，信又生了夸父。

夸父天赋异禀，长大之后更是神勇无比。身材巨大的夸父喜欢在两只耳朵上各挂一条黄蛇。这两条黄蛇扭动着身体，张开嘴巴，伸出舌头，看起来十分可怕。在夸父的带领下，夸父族越来越强大，他也成了一位名副其实的部落英雄。

一天，夸父领着族人在野外打猎，眼看猎物就要到手，天色却突然暗了下来，猎物也趁机躲进草里跑掉了。夸父非常生气，跺着脚说：“太阳啊太阳，你每天东升西落，留下漫长的黑夜，让我们在黑夜里什么也干不了。今天，我非要把你抓住不可，让你永远高悬在天上，不再落下。”

说完，夸父拿起手杖，抬腿就要去追太阳。他的族人拉住他，着急地说：“我们虽然长得高大，腿也长，但太阳像一个燃烧的火球，您要是追上它，一定会被烧死的。”但夸父心意已决，任凭族人怎么劝说也毫不动摇。

夸父朝着太阳迈开腿飞奔起来。他奔跑的速度非常快，就像一阵狂风刮过，让山石乱飞，使树枝摇颤。太阳也不甘示弱，快速地向西边滑去，每滑动一下，光线就暗一点。眼看太阳就要沉下去了，夸父使出浑身的力量加快了步伐，追啊追，一直追到了虞渊——太阳落下去的地方。夸父终于追上了。

此时的太阳就像一个巨大无比的火球，把夸父的身体照得通红。夸父兴奋地伸出坚实粗壮的双臂，想把太阳抓住。就在他快要触碰到太阳的时候，一阵剧烈的疼痛传遍了他的全身。他的双手被太阳炙热的火光灼伤了，瞬间鼓起一个巨大的水泡。水泡不断变大，直至破裂。他的双手变得血肉模糊。此刻，夸父的嗓子也变得又干又疼，就像有一团烈火在喉咙里燃烧。

他渴极了，累极了，于是伏下身子大口大口地喝黄河水。气势恢宏的黄河水，就像被突然改变了方向一样，不断地往夸父嘴里流，一会儿工夫就被喝干了。夸父依然非常渴，于是又到渭河边喝水。一眨眼的工夫，渭河就见底了。

但夸父口渴的感觉并没有缓解，于是他又向北方跑去，想去喝大泽里的水。那大泽名叫瀚海，据说有上千里宽。但夸父还没到达瀚海便倒下了。

顷刻间，大地发出了巨大的声响，犹如山崩地裂，虫鱼鸟兽都发出了惊慌的叫声。太阳正从虞渊落下去，最后几缕金色的光芒洒在夸父身上。夸父看着西沉的太阳，长叹一声，把手杖往旁边一扔，遗憾地闭上了眼睛。

夸父死后，他的身体变成了一座高山，手杖化为枝叶茂密、硕果累累的桃林。他的族人循着他的足迹来到高山下，倚靠着高山，吃着甜蜜的桃子，继续生活着。

——据先秦《山海经》改编

精卫填海

Jing Wei Tian Hai

很久很久以前，东海边有一座山，叫发鸠山。山上长满了柘树，柘树林里生活着一种叫“精卫”的小鸟。

精卫鸟的样子很奇特，很像乌鸦，全身长着黑黑的羽毛，嘴是白色的，爪子红红的，头上还有漂亮的花纹。它总是叼来山上的树枝和石块，急匆匆地丢到东海里，嘴里还发出尖厉的叫声：“精卫……精卫……”

精卫是炎帝的女儿，她性格开朗，总是穿着红鞋，戴着用鲜花编成的花环，四处游玩。精卫最喜欢到东海边上看日出。每当看到红日从海面上跳出，万道霞光缓缓铺开，她就会兴奋地跳起来。

有一天，精卫在海边看见一个大孩子骑在一个小孩子的背上，小孩子哇哇大哭，大孩子却没有一点罢休的意思。大孩子还用棍子打那个小孩子的屁股，命令他继续爬。

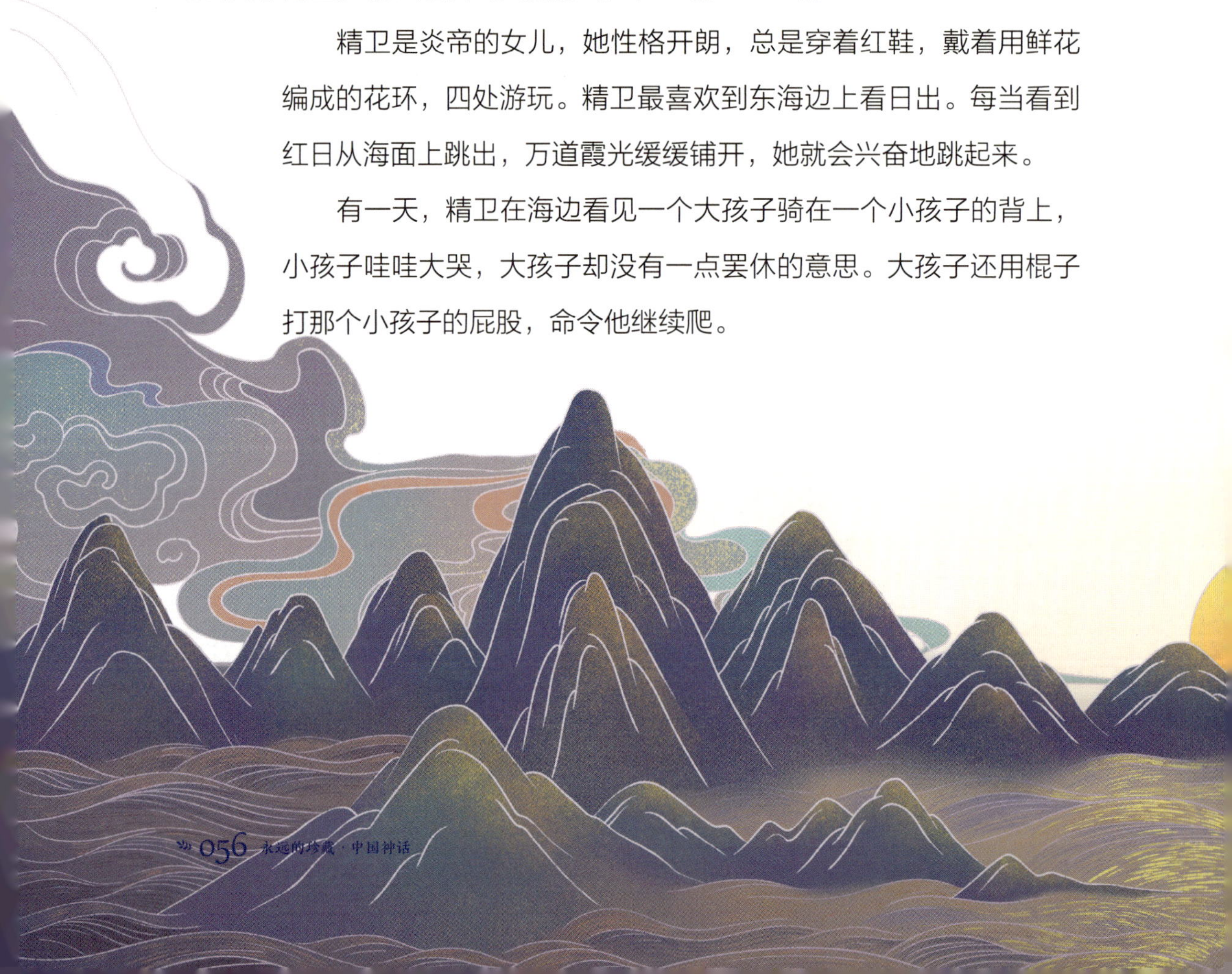

精卫非常生气，她走向前指着大孩子大声呵斥：“你好不知羞耻，欺负小孩子算什么本事？有本事就去打老虎、打狗熊，那样才算英雄！”

“关你什么事！我可是东海龙王的太子！”这位龙太子根本没把精卫放在眼里。

“太子有什么了不起，我还是炎帝的女儿呢！欺负弱小真没出息！”精卫冲过去把龙太子从小孩子身上推下去，并将小孩子拉了起来。

龙太子恶狠狠地走到精卫面前，挥拳就打。精卫见对方蛮横无理，也不甘示弱，躲开眼前的拳头，飞起一脚，就把龙太子踢了个嘴啃泥。龙太子不服气，站起来又要挥拳。精卫眼疾手快，一拳打在他的胸脯上，打得他仰面朝天。

龙太子见打不过精卫，只好灰溜溜地跑回东海去了。

后来，精卫又来到东海边，正巧被龙太子看见了。他对之前的事耿耿于怀，便施法搅动海水，掀起狂风恶浪。

霎时间，平静的大海变了脸，海风比刀刃还锐利，海浪怒吼着冲向精卫。精卫来不及挣扎就被海水吞没，消失在茫茫的大海中。

精卫痛恨无情的大海吞噬了自己的生命，她的灵魂变成了一只精卫鸟，头上的花环化作花纹，脚上的红鞋化成了红爪。精卫鸟每天从发鸠山衔来石子和树枝，往东海扔。日复一日，没有停歇。她边飞边喊着自己的名字，鼓励自己坚持下去。

龙太子嘲笑她说：“就算你扔上成千上万年，也休想把东海填平！”精卫却回答说：“就算是一千万年，一万万年，我也要填平它！”

精卫填海的事惊动了天神。天神很佩服精卫的精神，就降下洪水将高原上的泥沙冲进了东海，把海水都搅黄了。从此，人们便把东海北部发黄的海域叫作黄海。

——据先秦《山海经》改编

北帝颛顼

Bei Di Zhuan Xu

在极北之地，有一个寒冷无比的地方，这里的大雪连绵不断，大片大片的雪花在空中飞舞。不下雪的时候，还会有圆溜溜的冰雹和晶莹的冰霜落下来。冰雪长年积累，形成了一个方圆一万二千里的冰雪世界。管理这个广阔寒冷的北方之地的，是北帝颛顼。

颛顼年少的时候，就曾帮助叔叔少昊管理鸟的王国，他的能力也得到了黄帝的认可。黄帝在经历了与蚩尤漫长又激烈的战争后，对做天帝有些厌倦，他见颛顼年少有为，就把中央天帝的宝座传给了颛顼。

颛顼吸取黄帝的教训，为了避免像蚩尤这样的恶神再到天上作乱，他一登上中央天帝的宝座，就命大神重和黎把天和地之间的道路——天梯给截断了。

这天梯长什么样子呢？是像楼梯一样一级一级地从地上修到天上的吗？并不是。天梯其实是大自然中的高山和大树。大神和仙人们，或是有神力的人，可以通过高山或者大树上天和下凡。昆仑山和神树建木就是有名的天梯。颛顼命大神把所有天梯截断后，天和地就完全分开了，神再也不能随意到人间为非作歹，人也不能再上天去扰乱天庭的秩序。

颛顼不像炎帝和黄帝那样心里时刻想着人民，他的性情就像极北之地一样，十分冷酷。天和地被截断之后，他更是对人间的疾苦不闻不问。为了约束人们，他还制定了很多严苛的礼法。

颛顼特别重视秩序，讲究礼法，明确了人和神之间的界限，也让人间渐渐出现了阶级。所以，老百姓心里并不喜欢他。

颛顼死后，一阵大风从北方吹来，平时深藏在地底的泉水慢慢溢出地面，地上爬行的蛇突然变成了鱼。颛顼的灵魂趁着蛇变成鱼的机会，附在鱼身上，死而复活了。

复活后的颛顼，身体上半部分是人，下半部分是鱼。人们把这种奇怪的生物叫作“鱼妇”。

——据先秦《山海经》改编

共工怒触不周山

Gong Gong Nu Chu Bu Zhou Shan

共工是水神，人面蛇身，有一头乱糟糟的红发，就像燃烧的怒火一样。他有两位得力助手，一位叫相柳，一位叫浮游。

相柳也是人面蛇身，皮肤是青色的，样子十分凶残。浮游就更可怕了，长着九个脑袋，而且身有剧毒，人要是被他碰一下，立马就会死亡。

颛顼自从做了天帝后，常常施行暴政，人们都不喜欢他。他还把太阳、月亮和星星牢牢固定在北方的天空上。这样一来，有的地方每天被太阳烘烤，又热又干燥；有的地方却连月亮、星星都见不着，永远生活在伸手不见五指的黑暗中，人们感到非常痛苦。

共工受够了颛顼的暴政，于是召集被颛顼压制的天神，对他们说："颛顼不顾人们的死活，任意妄为，实在不配坐在天帝的宝座上。我们要是能够团结起来，推翻他的统治，不但自己能得到解放，也能拯救人间的百姓！"

"我们愿意与水神一起，共同讨伐暴君颛顼！"天神们齐声说。

"好！如果我能成功登上天帝的宝座，一定不会亏待你们。"共工拍着胸脯对天神们许下承诺。

颛顼知道这件事后，十分愤怒，他怒吼道："不知天高地厚的共工，竟然敢谋反，看我怎么收拾他！"他一面命人点燃七十二座烽火台，一面召集各方天神，清点兵马，准备迎战。

共工带着相柳、浮游和他的部队，气势汹汹地向颛顼的宫殿进攻。双方打得非常激烈，从天上打到人间，又从人间打到天上，难分胜负。

颛顼想了一条妙计。他假装打不过共工，边打边退。相柳和浮游看颛顼连连败退，哈哈大笑说："颛顼，这次你非败不可，劝你早点投降，乖乖让出天帝的宝座，或许还能放你一条生路！"

相柳和浮游被引到一个没有退路的山洞里。颛顼口吐烈火，把他们围困在山洞里。最后，他们一个被当场杀死，一个被大火烧死了。

共工失去了相柳和浮游，就像失去了左膀右臂，他再看看自己的部队，死的死，伤的伤，高傲的他一下子就气馁了。他一路退到不周山下，举目望去，高耸入云的不周山挡住了去路，身后是紧紧追击的敌军，他绝望又愤怒。忽然，他像一头发怒的狮子般拼命向不周山撞去。

轰隆隆！一声巨响，不周山被共工拦腰撞断，整座山崩塌下来。

不周山原本是支撑天空的天柱之一，现在忽然被撞断，整个宇宙也随之发生了变动。西北的天空失去了天柱的支撑，倾斜下来，而原先被颛顼固定在北方的太阳、星星、月亮也挣脱了束缚，滑向了西边。东南的大地受到剧烈震动的影响，塌陷成一个巨大无比的深坑，江河湖海的水纷纷往那里流去，慢慢地变成了海洋。

——据西汉·刘安《淮南子》改编

归墟与神山

Gui Xu Yu Shen Shan

不周山是支撑天空的天柱之一，被共工撞断后，大地上塌陷出一个巨大的深坑。这个深坑越陷越深，江河湖海的水纷纷流往那里，日复一日，便形成了碧蓝色的大海。

这大海里有什么？里面是不是住着怪物或者神仙？没有人知道。大海有多深，能容纳多少河流？也没有人知道。人们只见过这大海会随着云彩的变化呈现出不同的颜色，时而碧蓝如镜，时而红涛滚滚。月圆时海水会涨起来，把周围的沙地淹没，潮退时沙地又不多不少地露出来。要是遇到狂风，大海还会掀起巨浪，发出凶猛的吼声。

人们开始担忧，大海虽然很广阔，可是水一直往里流，要是满了溢出来怎么办？于是大家向上天祈祷，求大海里的水不要溢出来。

后来，人们听说在渤海的东面，不知道几亿万里外的地方，有一个名叫“归墟”的大壑。这个大壑深不见底，哪怕所有的水都往里流，也不会被填满。它里面的水永远保持一个状态，既不增多也不减少。自从知道有归墟这个地方，人们便放心了，不再祈祷，晚上也睡得安稳了。

在归墟里面有五座神山，它们的名字分别叫岱舆、员峤、方壶、瀛洲、蓬莱。这五座神山又高又大，据说有三万里那么高，三万里那么宽。它们相互之间离得很远，足足有七万里。

每座神山的山顶上都建有金碧辉煌的宫殿。宫殿的门窗全部用黄金打造，

金光闪闪；栏杆则用白玉筑成，玲珑剔透，奢华无比。

在这些宫殿里住着许多神仙。闲暇时，他们会从这座神山飞到那座神山，探望他们的亲朋好友。他们还会种树，养一些飞禽走兽。仙人们种的树很神奇，它们会开花结果，但结的果子全是洁白无瑕的珍珠和晶莹剔透的翠玉。这些珍珠和翠玉不仅吃起来清脆美味，而且吃了还可以长生不死。

神仙们在神山上过着逍遥自在的日子，唯一的担忧就是神山总是漂浮不定。因为这五座神山都是漂浮在大海中的，风平浪静时相安无事，一遇到大风大浪，便会漂流无定，让神仙们活动非常不便。

神仙们常常为此感到苦恼，他们商量着去向天帝反映情况。天帝听后，也认为神山漂来漂去，不利于神仙们沟通来往，万一风浪太大使神山沉入海底，让神仙们无家可归就更糟糕了。于是，天帝就派海神禺强去解决这个问题。

海神禺强果然不负众望，将神山固定住了。神仙们很感激他，日子也过得更安稳了。

——据春秋战国·列御寇《列子》改编

海神禺强

Hai Shen Yu Qiang

海神禺强，兼任风神。他法力无边，可以随时变化模样。

禺强当海神时，就变成人鱼的模样，人面鱼身，有人的手脚，面目和善，驾着两条龙在大海中遨游。其实，他本来就是北方大海里的一条鱼，名叫鲲，身体长达好几千里。

他做风神时，摇身一变就能立刻变成一只凶猛的大风鸟，名叫鹏。这只鸟有多大呢？仅它的背部就有好几千里宽，两只巨大的翅膀就好像垂在天边的乌云，只要扇动一下就能刮起猛烈的飓风。风会传播瘟疫，人碰到这种风，很容易生疮得病，甚至死亡。所以，人们又把他叫作“瘟神”。

每年冬天，当海潮升起时，禺强就从北海迁居到南海。他由鱼变成鸟，从海神变成风神，扇动巨大的翅膀，在海面上掀起三千里长的排天巨浪，原野上也随之刮起刺骨的寒风。禺强乘着这股风，直上九万里云霄。他这一飞就是整整半年，一直飞到南海才落下来休息。

有一天，威风凛凛的禺强得到天帝的命令，要去固定归墟的五座神山。他不敢怠慢，立即调遣十五只巨大的乌龟来到归墟。他把乌龟分成五组，每组三只，其中一只负责背一座神山，另外两只在旁边守候待命，每六万年轮换一次。任务完成后，禺强就变成大风鸟回去了。

乌龟们整天这样背着山，时间一久，就觉得太枯燥了。所以，有时候它们会玩性大发，在大海中拍打巨大的爪子，兴奋地跳起舞来，背上的神山也

就跟着颠簸个不停。山上的神仙可就受罪了，一个个被颠得晕头转向。不过，比起先前漂来漂去的生活来说，现在还是好多了。

——据先秦《山海经》改编

龙伯钓鳌

Long Bo Diao Ao

在昆仑山以北好几万里的地方，有一个龙伯国。龙伯国里的国民全是巨人。这些巨人有多高大呢？据说他们举起手来就能摸到天上的云朵，走几步路就能到达遥不可及的地方，平躺下来就是一块宽广的平地。这些巨人全是龙的子孙，所以又被称为“龙伯”。

有一天，龙伯国的一位巨人四处闲逛，另一位巨人对他说：“我听说东方有一个叫归墟的地方，那归墟深不见底，里面有五座神山，还有很多珍贵的鱼类，你要是没事，可以去那里钓钓鱼。”巨人听了，便背上巨大的鱼篓，带上长长的钓竿启程出发，很快就到了归墟。

巨人将钓竿挂上鱼饵，轻轻一甩，钓竿便甩到了神山边，鱼饵慢慢地沉入水底。神山下的乌龟已经很久没吃过东西了，忽然看到眼前出现了美味的鱼饵，忍不住一口叼住，吞了下去。巨人见鱼钩动了，高兴地把钓竿收上来，只见一只巨大的乌龟被鱼钩死死地钩住了。

巨人从没钓过这么大的乌龟。他高兴极了，赶紧把乌龟装入鱼篓中，重新挂上鱼饵继续垂钓。一只接一只，钓了六只乌龟后，巨人才心满意足地回了家。他把乌龟的壳剥下来，用来占卜吉凶。

海面上开始刮起飓风，掀起了层层巨浪。由于背负岱舆和员峤这两座神山的乌龟被钓走了，这两座神山就像失去了帆的船，不受控制地晃来晃去，不停地往北方漂，最终沉入了大海。

神山上的神仙们吓得惊慌失措，流离失所的他们只能去向天帝求助。

天帝知道后大发雷霆。他施展法力，先将龙伯国的地盘缩小，再把龙伯国巨人的身体缩小，直到把他们的身体缩到没法再小了，才停止施法。

经过这件事后，剩下的九只乌龟吸取了教训，再也不敢贪吃了。从此以后，这些乌龟老老实实地背着剩下的三座神山，再也不敢懈怠。

——据春秋战国·列御寇《列子》改编

龙狗盘瓠

Long Gou Pan Hu

王宫里挂着红艳艳的灯笼，奏着欢快的乐曲，美丽的公主在大家的祝福声中嫁给了一位狗头人身的青年。这是怎么回事呢？

故事发生在遥远的高辛王时代。高辛王有一位贤德的王后，还有一位漂亮的公主。有一年，王后的耳朵忽然痛起来，一痛就痛了整整三年。高辛王召集了所有神医为王后医治，都没有效果。

这天，王后的耳朵又痛起来，公主听了，着急地跑去看母亲。“母亲，您的耳朵痛了这么多年都不好，是不是里面藏着什么神奇的东西啊？您让我看看吧。”公主皱着眉头，眯起一双水灵灵的大眼睛，靠近王后的耳朵使劲儿往里看。

公主看呀看，眼睛都酸了，还是什么也没看见。

“傻孩子，神医治了这么多年也没治好，你一个小姑娘能看出什么呢？”王后温柔地对公主说。

公主不死心，伸出小拇指往王后的耳朵里掏。掏了好一会儿，当她把手指伸出来时，一条金色的虫掉了出来。

“母亲，快看，是一条金虫！”公主兴奋地喊。

“呀！我的耳朵不疼了！原来是金虫在作怪！”王后高兴极了。

再细看那虫子，长得像蚕，足有三寸长，浑身散发着金光。

“这虫子虽害得我耳朵疼，却长得很可爱，把它装起来吧。”于是，王

后命人把金虫装进瓠篱中，用盘子盖着。谁知道虫子一放进去就变成了一只浑身长满锦纹、五彩斑斓的龙狗。因为是从盘子和瓠篱里变出来的，他们就给它取名叫“盘瓠”。

公主见了盘瓠，忍不住又亲又抱。龙狗也很喜欢公主，整天寸步不离地跟着她。

后来，房王作乱，高辛王十分担忧国家安危，为了鼓励群臣上阵杀敌，他说：“要是有人能拿下房王的人头，我就把公主嫁给他。”群臣非常动心，但一想到房王兵强马壮，都不敢去冒险。

公主听说父亲要将自己嫁出去，心里有点不是滋味，不过想到自己能为国家尽一点力，也没有任何怨言。奇怪的是，在公主怀里的盘瓠一听到这个消息，便发了疯似的挣脱了公主的怀抱，跑了出去。公主马上追出去，可盘瓠跑得实在太快，一会儿就不见了踪影。

公主没追上盘瓠，失望地回到王宫，难过地问父亲：“难道敌人真的要打来了吗？为什么连盘瓠也跑了？”高辛王叹了一口气，摸了摸公主的脑袋，没有回答。

盘瓠离开宫殿后，一路狂奔到房王的军营里。它见了房王，吐着舌头，摇着尾巴，亲昵地跳到房王身上。

房王先是吓了一跳，随即一看，原来是高辛王宫里的狗。他高兴地向身边的官员说：“高辛氏这次肯定要灭亡了，连他宫中的狗都跑来投奔我，这真是个好兆头，哈哈哈！你们快去备酒，今晚我们好好庆祝一下。”酒开了一坛又一坛，欢乐的房王和他身边的官员全部喝得烂醉如泥。

盘瓠见他们都倒下了，就一口咬下房王的头，叼着它连夜跑回了高辛王的宫殿。

此时，高辛王正坐在龙椅上发愁，一抬头，竟看见盘瓠叼着一个血淋淋的脑袋站在大殿上。“这不是房王的脑袋吗？哈哈哈，盘瓠果然是一只忠勇的狗！”高辛王心里的石头终于落下了，高兴地叫人给盘瓠准备好吃的。

可盘瓠只是站在大殿上，不吃不喝也不动。

几天过去了，盘瓠依然一动不动地站在原地。高辛王见盘瓠这样，心里很难过，对它说：“盘瓠啊盘瓠，你为什么不吃不喝也不动？难道你是想娶公主吗？可你是狗啊，怎么能跟人结婚呢？”

盘瓠听了，忽然开口说道：“大王，您不用担心，您只要把我放进金钟里七天七夜，我就能变成人了。”

高辛王觉得不可思议，狗怎么会变成人呢？但他还是照盘瓠说的，把它放进了金钟里。

公主听说盘瓠回来了，还要变成人娶自己，心里非常不安，她不知道盘瓠能不能变成人，要是不能，自己真的要嫁给一只狗吗？

一天、两天、三天过去了，待嫁的公主非常担心自己未来的丈夫。到了第六天，她再也忍不住了，跑去悄悄打开了金钟。公主往里一看，盘瓠的身体已经全部变成了人，只剩下一个脑袋还来不及变。

盘瓠跳出金钟，对公主说：“美丽的公主啊，你提前打开了金钟，我的头就再也不能变成人头了。”公主虽然后悔，但也没有办法了。

很快，盘瓠与公主的婚礼就在王宫里举行了。婚礼上，盘瓠披了一件帅气的披风，公主为了与盘瓠相配，戴了一顶狗头帽。不久，盘瓠就带着公主南下，过起了幸福的生活。

——据东晋·干宝《搜神记》改编

后羿射日

Hou Yi She Ri

传说，天帝的十个儿子都是三只脚的乌鸦，也是太阳的化身，住在海外的旸谷。

每天，它们的母亲都驾着车带它们去洗澡，所以那里的水热得滚烫。洗完澡，她把九个孩子放在低矮的树枝上，把一个放在高高的树梢上。高的那个就慢慢地往天上飞，飞完一圈再回来。公鸡一看见太阳往上飞，就鸣叫起来，天也就亮了。

十只乌鸦每日轮流地工作着。可是，时间久了，这些家伙就觉得无聊了。它们背着自己的母亲偷偷从旸谷溜了出来，一起飞上了天，任母亲怎么呼喊都不理会。

忽然间，东西南北各个方向都有了太阳。人们站在地上，根本看不到自己的影子。天空和大地变得越来越热，草木枯黄，河水断流，大地干裂，人们叫苦连天。一切都变得灼热不堪。

人们请女巫来帮忙，想让世界恢复原来的样子。

女巫穿了一身青色的衣服，在烈日下跳舞祈福，嘴里喃喃地念着咒语。她一会儿祈祷，一会儿咒骂，接着又仰面朝天，直直地躺在地上。她的汗珠不停地滚落。可是，天空没有丝毫变化，十个太阳依旧明晃晃地挂在天上，空气干燥，一点风都没有。

女巫在那里直挺挺地躺着。等人们围过去看时，她已经被晒死了。

烈日的毒害让人间民不聊生，罕见的猛兽也趁机到人间捣乱。面对天上的十个太阳，尧帝束手无策。他每日只能跟百姓一起向天帝祷告，祈求早日消除灾祸。

天帝知道自己的孩子偷跑出去，可他也毫无办法，只得任命神箭手后羿下凡，去捉拿这些闯下大祸的孩子。

后羿目睹了人间的惨状，又惊又怒。他望着头顶上的十个太阳，喊道："你们是天帝的孩子，我不想杀你们。快跟我回去认罪受罚！"可是，十个太阳非但不听，反而在天上嘻嘻哈哈，好像是在嘲笑后羿。

后羿大喝一声，抽出箭，拉开神弓，向着太阳一个个射了出去。天上的太阳急忙躲藏，可是怎么也躲不过后羿的箭。

太阳一被射中，就变成三只脚的乌鸦，落在了地上。一个、两个……射下第九个的时候，尧帝连忙阻止了后羿，因为人间还是需要太阳的。

由于忌惮后羿的神箭，最后一个太阳也变老实了，每天按照固定的轨迹在天空中运行。大地的裂痕合拢了，枯萎的草木长出了嫩芽，消失的河流也重新出现了。

——据西汉·刘安《淮南子》改编

洛水女神宓妃

Luo Shui Nü Shen Fu Fei

伏羲有一个心地善良的女儿，名叫宓妃。

那年，洛水附近的村落闹饥荒，人们忍饥挨饿。宓妃见了，心里十分难受。“父亲，人间的百姓实在太苦了，请您想个办法吧！”宓妃跑去请求伏羲。

伏羲见女儿关心百姓，很是欣慰。他用心思考了几天，终于想到了一个办法：捕鱼。于是，他耐心地教女儿如何织网捕鱼。宓妃将捕鱼的方法带到洛水河畔。人们学会捕鱼方法后，终于不用挨饿了。

宓妃喜欢抚琴。她常在洛水边弹奏美妙的音乐。在河边劳作的人们，只要听到宓妃的琴声，就感觉不再疲惫了。

一天，河伯来到洛水河畔，宓妃的琴声从远处传来，让他心旷神怡。河伯循声而来，只见宓妃在柳树下抚动琴弦，洛水倒映出她美丽的容颜。

“天下竟然有这么漂亮的女子！”河伯痴痴地愣在原地。

河伯深深折服于宓妃的美，而河伯本身也风度翩翩。他们一见钟情，后来结为了夫妻。

但是幸福的日子没过多久，河伯就露出了花心的本性。宓妃失望又难过，她的琴声也变得悲戚哀怨。

这天，后羿与妻子嫦娥大吵了一架。他生气地跑到洛水边，忽然听见一阵幽幽的琴声，瞬间感到心软了。

“难道世上还有人与我一样忧伤吗？”他快步走上前，看到了宓妃。

“美丽的女神，为什么你的琴声这么哀伤呢？”后羿不禁问道。

宓妃很惊讶，后羿竟从琴声中听出了她的忧伤，她感到遇见了知音。两人攀谈起来，聊得很投机。

水里的乌贼看见了宓妃和后羿，赶忙向河伯报告：“水神，大事不好了！夫人与一个叫后羿的男子在一起。”

“后羿？我非找他算账不可！”河伯听到后火冒三丈。

河伯知道后羿神力了得，心里有点害怕，就变成一条龙。他冲出水面，果然看到了宓妃和后羿，于是怒不可遏地钻进水里，把洛水搅得天翻地覆，大水四处漫延，冲塌了周边的房屋，淹没了大片田地。

后羿见河伯如此猖狂，便拿出弓箭，朝他的头射去。河伯躲避不及，一下被射中了左眼，他疼得大叫起来。

河伯斗不过后羿，又不甘心认输，就跑到天宫告状：“天帝啊！后羿夺走了我的妻子，还射瞎了我的左眼，您一定要帮我做主。”

天帝知道他为一己之私，闹出水灾，伤及无辜百姓，还没有一点悔改之意，就把他赶下了天宫。

河伯灰溜溜地回到人间，看到被淹没的田地，心生愧疚，便想尽办法来弥补自己的过错。

宓妃看到河伯知错能改，渐渐改变了对他的看法。想着这件事情因自己而起，宓妃便与河伯一起治水，帮助百姓渡过了这一场劫难。

——据中国民间神话故事改编

嫦娥奔月

Chang E Ben Yue

嫦娥原本是天上的女神，她面容娇美，身姿曼妙，轻轻挥舞纤长的手臂就能在天空中自由地飞行。她跟着丈夫后羿来到人间，每天东奔西跑，斩妖除魔。后羿历经万难，眼看就能回到美丽的天宫，却因为射死了天帝的儿子被革除了神籍，也连累嫦娥失去了女神的身份。

人间的平凡生活让嫦娥感到烦闷，照镜子时，她会想象自己长满皱纹的样子；吃饭时，她会想念天宫里的美味佳肴；睡觉时，她会想到死后与各种鬼怪住在潮湿阴暗的阴曹地府……嫦娥每天愁容满面，唉声叹气。

后羿看到自己心爱的妻子越来越憔悴，心里十分愧疚，四处打听重返天宫的办法。他听说在西方的昆仑山，有一个叫“西王母”的大神，这位西王母能造不死之药，吃了可以长生不老。后羿兴奋地把这个消息告诉妻子，嫦娥的脸上也终于露出了一丝笑容。

昆仑山非常遥远，要跋山涉水，披荆斩棘，穿过炎热广阔的沙漠，经历风雪雷电才能到达。为了找到长生药，让嫦娥开心，无论多么艰难，后羿都毫不畏惧。

于是，后羿背上他的神弓，向昆仑山出发了。经过重重磨难，他终于登上昆仑山见到了西王母。

西王母坐在山顶瑶池旁的岩洞里，见到伤痕累累的后羿，她有点吃惊。后羿上前表明来意，西王母听了十分同情他。

“你是为了拯救人间的百姓才不得已射下太阳，你是大英雄，不该受到如此对待。”西王母说完，便派一只青鸟取来装有不死药的葫芦。西王母接过葫芦，拿出一颗不死药交给后羿，嘱咐他说：“把这颗药熬成水喝下，你们两个便可以长生不老。若一个人吃下，不仅可以长生不老，还可以重返天宫。”后羿接过药，谢过西王母，高兴地回家去了。

后羿把不死药交给嫦娥保管。嫦娥把不死药小心翼翼地装在一个金匣子里。后羿看着妻子，温柔地说：“这颗药是我千辛万苦拿回来的，我们选一个吉日把它熬成水喝了，就可以长久地厮守在一起了。”“是啊，真是太好了！”嫦娥答应着。

这天，后羿出门了，嫦娥打开金匣子看着不死药，心想：“我本就是天上的神女，因为受到后羿的连累才不得不待在人间。如果要永远待在这个让人厌烦的人间，就算长生不老又有什么意义呢？”想了一会儿，嫦娥便拿起不死药，放入嘴里，一口吞了下去。

嫦娥感觉自己的身体变得轻飘飘的，她的双脚渐渐离开地面，身体也飘浮起来。她展开双手，在空中飞舞起来。接着，她飞出了屋子，飞过树梢，又飞到了山顶。

此时的后羿正在山上打猎，看见飞在空中的嫦娥，吓得丢下猎物赶忙追了上去。他一边跑一边喊：“嫦娥，你等等我！”他跑到山顶想要抓住嫦娥，可是嫦娥已经飞远了。后羿看着嫦娥越飞越远，既难过又失望。

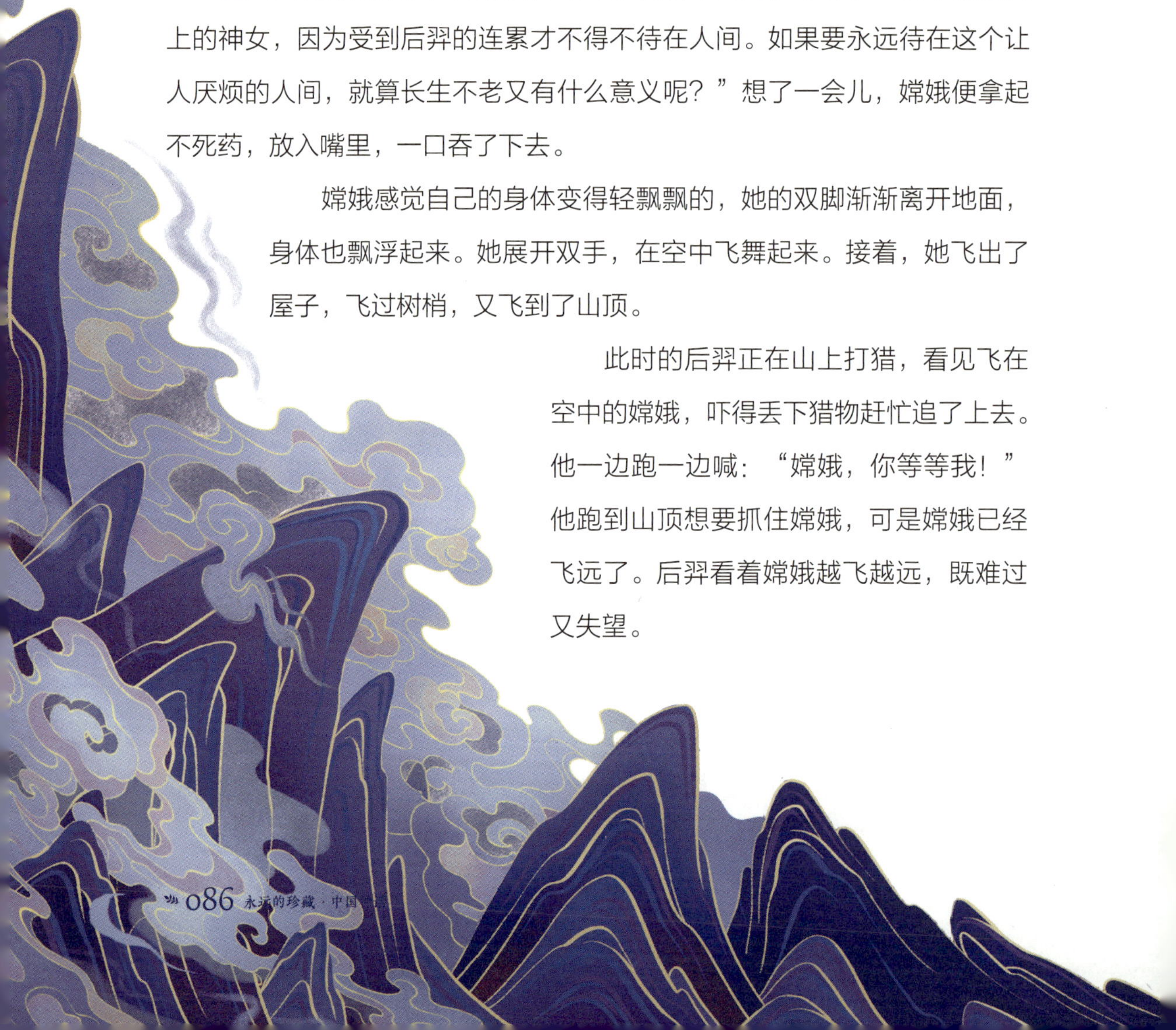

嫦娥越飞越高，快到天宫的时候，她犹豫起来：“我一个人回来，如果被众神看见了，岂不是要说我背叛后羿吗？”她想了想，决定往月宫飞去。

她以为月宫是一个像花园一样美丽的地方，可实际上月宫非常寒冷，除了一棵桂树和一只捣药的兔子，上面什么也没有。嫦娥冷得浑身发抖，最后瘫软在地上，难过地哭了起来。她开始想念后羿的温柔和人间的热闹。可是，一切都晚了。

从此以后，嫦娥就在月宫里生活着，陪伴她的，便是昼夜不歇的捣药声和无穷无尽的孤独。

——据东晋·干宝《搜神记》改编

逄蒙弑羿

Pang Meng Shi Yi

后羿射下九个太阳后，让天下恢复了太平，因此深受百姓的爱戴。但这也引来了天帝的仇恨，因为那九个太阳都是天帝的儿子。于是，后羿和嫦娥被革除神籍，流落到人间。

后来，嫦娥又偷吃了后羿辛苦求来的长生不死药，飞到月宫去了。这让后羿更加灰心、失望，他从此每天出门打猎，对什么事都不再关心。他甚至觉得就算是死了去幽冥界，也不一定比成仙差。

逄蒙是后羿的家丁，也是他的学生。开始时，他非常崇拜后羿，因为后羿是天神下凡，神勇无敌。但是，在逄蒙学会射箭后，尤其是当后羿不再被天帝重用而只能留在人间，每天自暴自弃之后，逄蒙就开始有些瞧不起后羿了。他不想一直当后羿的跟班，永远被后羿踩在脚下，他要做天下第一神箭手。

逄蒙找到后羿比试箭术。他们骑着马，正好天上有一排大雁飞过。逄蒙利落地连发三箭，三只大雁应声而落。雁群受到惊吓，四散而逃。后羿笑了，他也连发三箭，三只逃散的大雁落在了地上。逄蒙看着地上的大雁，羞愧得不敢抬头。

虽然逄蒙知道后羿的厉害，但他心胸狭窄，怎么也佩服不起来。

有一天，后羿走在回家的路上，忽然从树林里飞出了一支冷箭！这支箭又猛又准，直奔后羿而去。后羿连忙抽出箭来，搭弓射出去。叮的一声，两

支箭的箭尖撞到一起，掉在了地上。接着，又从树林里射来了八支箭，后羿都一一瞄准射了出去。此时，他的箭袋里已经没有箭了。

这时，他终于看到，躲在树林后面的人正是他的学生逢蒙！而逢蒙正准准地把箭瞄向他的头。后羿刚要向他喊叫，那支箭已经射了过来。后羿啊的一声，跌下马去。

逢蒙终于钻出了树林。出于本能的敬畏，他一步一步地向前走，缓缓地靠近后羿的身体。他看到后羿双眼紧闭，那支箭正好射中了他的嘴，想必是射穿咽喉，一箭致命了。可正当他牵起马准备回家时，后羿却突然坐了起来！

只见后羿从嘴里拿出箭矢，笑着说："好徒弟，我把箭术教给你，是让你来埋伏我的吗？出其不意，这个切磋方式很不错，不过今天我带的箭矢不多，差点就被你害死了！还好，我有'啮镞法'。"逢蒙听了，不禁攥紧了拳头，浑身发抖。

后羿把这次蓄意谋害看得十分轻淡，打猎时仍然常常带着逢蒙。逢蒙在后羿面前也表现得愈发恭敬，处处小心。后来，逢蒙打猎时多了一样武器——一根桃木削成的木棒。他跟后羿说，这根木棒很好用，既能打野兽，又能挑猎物。

但这根木棒绝不只有这两个作用。有一次，在后羿弯腰捡猎物的时候，逢蒙忽然用这根木棒，对准后羿的后脑敲了下去。后羿倒在地上，鲜血直流，很快就死去了。

后羿死后，人们感念他的功德，奉他为"宗布神"，意为"鬼的首领"。因为他能统辖天下的鬼魂，让恶鬼不敢害人。

——据鲁迅《奔月》改编

春神句芒

Chun Shen Gou Mang

春天来了！

清晨，人们从睡梦中醒来。打开门户，放眼望去，冰雪融化，柳树发出了新芽，小草从土里钻了出来，连燕子也飞了回来，正在屋檐下叽叽喳喳，找它的旧巢呢！

“春天来了，我要去放风筝！”孩子们兴奋地嚷着。

“好！一会儿起风了，我们就去放风筝！”大人们也开心极了。

春神句芒踩着两条飞龙，在空中俯视着春意盎然的大地。他听见小孩子与大人的对话，便轻轻吹了一口气，化作了温暖的春风。

“起风了！起风了！”孩子们蹦蹦跳跳，拍起手来。

每当冬天快过去时，句芒就会在立春前夕悄悄给大地施加法术，把冬天残留的寒冷赶走，让花草树木从沉睡中苏醒过来。

句芒是少昊的儿子，原先与父亲生活在美丽的鸟儿王国，后来少昊做了西方的天帝，句芒则成了伏羲的属神。

句芒长相英俊，有老鹰一样伟岸的身躯和长满光滑羽毛的翅膀。不过，他从不用翅膀飞行，而是乘着两条飞龙。他手里拿着圆规，身上穿着白衣，像一只白色鸟儿。

句芒最开心的事就是跟着人们一起迎接春天。他常常在立春这天，把自己变成一个可爱的牧童，骑在水牛身上，吹着牧笛，挤在迎春的队伍中。

他看见人们在鼓乐声中虔诚地祭祀，就会悄悄地送给人们祝福：“希望你们珍惜春光，勤劳播种。”

他看见蜜蜂忙碌地采蜜，就会悄悄给花朵施加法术，让花朵开得更艳丽。

他看见鸟儿在树上筑巢，就会让树木的枝叶长得更加繁茂。

他看见人们辛勤劳作，就会轻轻吹起笛子，用优美的音乐抚慰劳累的人。

句芒在大地上乐此不疲地奔忙，给人们创造出美丽的春天。每年立春的时候，你要是看到一个骑着水牛、吹着笛子的小男孩，那可能是句芒又来人间凑热闹了。

——据东汉·赵晔《吴越春秋》改编

风神飞廉

Feng Shen Fei Lian

风，来无影，去无踪。

掌管风的风神非常神气，大家都叫他飞廉。飞廉的身子像鹿一样，又瘦又长，他的头顶上有一个尖尖的角，身后还有一条光滑细长的尾巴。

飞廉每天都驾着一头神鹿，或乘着由骏马牵引的神车，驰骋在天地间。他每经过一个地方，那里都会生出风来。

风的状态会随着飞廉的变化而变化。春天，天气回暖，飞廉感到身上暖洋洋的，带来的风就是温暖和煦的；夏天，天气炎热，飞廉感到酷热难忍，风就变成了热风；秋天，气温下降，飞廉也变得心平气和，这时的风就是凉爽舒适的；冬天，天气寒冷，飞廉常常被冻得浑身发抖，风也变得凛冽刺骨起来。

飞廉喜欢自由，不愿被束缚。他一会儿飞到东，一会儿飞到西，一会儿在

南，一会儿又到北，从来不会在一个地方停留太久。所以，风总是变幻莫测，难以捉摸。

但有一次，爱自由的飞廉却被卷入了一场战争。那是黄帝大战蚩尤的时候，黄帝命应龙行云布雨对抗蚩尤，为了对付应龙，蚩尤请来雨师帮忙。当时，雨师见应龙来势汹汹，就前去请飞廉助战。他知道飞廉不愿意被卷入纷争，就一再恳求说："我只能降雨，不能掀起狂风，要是你能帮忙，我们联手一定能打败对方，这样战争能早日结束，不也是一件好事吗？"飞廉想到能停止战争，就答应了雨师。

飞廉跟雨师来到战场一起施展法术，一时间狂风暴雨都向着黄帝的军队袭去。就在他们快要胜利的时候，黄帝把女儿魃从系昆山召唤过来。魃散发着巨大的热量，很快就打败了飞廉跟雨师。

经过这场战斗，飞廉不但消耗了法力，还受了伤。此后，他便不再参与任何纷争，只一心一意地做自由的风神。

——据东汉·应劭《风俗通义》改编

雷公电母

Lei Gong Dian Mu

很久以前，天上有一位神仙，专门负责打雷，大家叫他雷公。雷公的肤色很深，两眼放光，身上长着长长的毛发，像一只猕猴。

雷公很有正义感，每当遇到坏人，或是看到不平的事，甚至只是听到有人做坏事，他都会打一个大雷，一声巨响过后，恶人便一命呜呼。

雷公性情暴躁，一听某人犯法，就会不分青红皂白，立刻大发雷霆。这时常导致一些人含冤受死，其中就有一个寡妇。

寡妇的丈夫死得早，她没有孩子，只有一个婆婆。她很有孝心，一直用心照顾婆婆，有什么好吃的都给婆婆吃，自己却只吃一些菜叶子。

有一天，婆婆口里寡淡，觉得桌上的米饭和小菜没有味道，就大发脾气："每天总是吃这些没有味道的东西，一点肉也没有，你就会欺负我这个老太婆。"她骂寡妇不孝顺，没有良心，把好吃的都藏起来自己吃，还求雷公把这个儿媳妇劈死，为自己做主。

雷公真的听到了她的诉求，于是直接打下一个雷把寡妇劈死了。直到入殓的时候，大家看到寡妇饭碗里的野菜和米缸里仅有的一点米后，才知道寡妇原来是个好儿媳。

雷公十分后悔，怪自己不考察清楚就把一个好人害死了。

玉帝也知道了这件事。他不能继续让雷公这样稀里糊涂地打雷，便让这个孝顺寡妇的灵魂成了神，封她为电母。每当雷公打雷的时候，电母就负责

用宝镜照亮大地。

有一年，到了要收获玉米的时候，雷公和电母又出来巡视了。他们一旦开始作法，就会乌云密布，狂风大作。电母发出闪电，雷公打出响雷。

修长的玉米秆随风摆动，农民们忙着摘玉米。突然，雷公发现有些不对劲的地方，在一块玉米地里，好几个人在追一个小伙子，那个小伙子跑得很狼狈，看起来很痛苦。雷公很生气，觉得这些人太可恶，合起伙来欺负一个小伙子，于是瞬间就让狂风大作，阴云密布，玉米秆也被吹倒了很多。

正当他准备打雷劈死这些欺负人的村民时，电母阻止了雷公，说："先不要着急，看清楚了再行动。"

电母举起宝镜，一道闪电射出，照清了大地上的景象。原来这个小伙子是个小偷，他偷了别人的钱财，被主人发现，这家主人就招呼村里的人一起帮忙抓小偷，小偷无路可逃就钻进了玉米地里。大家把这一块玉米地围了起来，小偷很快就被抓到了。村民要回了被偷的钱财，小偷也得到了应有的惩罚。雷公心里一惊，又差点伤了好人！

此后，雷公很信任电母，在打雷之前，总会让电母先发出闪电，照亮世间的善恶美丑。

——据南朝宋·盛弘之《荆州记》改编

财神陆吾

Cai Shen Lu Wu

在遥远的昆仑山顶，住着一位样貌奇特的山神西王母。她有一座美丽无比的花园，里面有无数宝藏。西王母经常外出，但她放心不下花园，便四处招揽能为她管理花园、看守宝藏的管家。

大家听说西王母要招揽管家，都很想去她的花园看看，但昆仑山实在太遥远、太险峻，很多人走到一半就放弃了。只有陆吾克服了重重困难，来到了昆仑山。

西王母见陆吾长着老虎的身子，人的面容，身后还有九条尾巴，并不是普通的凡人，便问道："你为什么想做花园的管家呢？"

陆吾诚恳地回答说："我原本是夜叉国的国王，每天都驾着心爱的战车巡视，守护国家的财富。后来，我拥有的一切都被我弟弟夺走了。现在，我很怀念以前守护财富的日子，所以我一听说山神需要一个管家，就不远万里地赶来了。"

西王母听了陆吾的遭遇，十分同情他，当即决定让他做花园的守护者。

陆吾跟着西王母来到花园，一下就被它的绚烂震惊了。花园里到处都是珠宝美玉，凉亭的柱子是用红艳艳的玛瑙铸造的，桌子、凳子是用温润的白玉做的，就连弯弯曲曲的小路上都铺满了黄金。花园里有长满珍珠的珠树，有美玉长成的文玉树，还有很多叫不出名字的长满各种珠宝的宝树，把陆吾看得眼花缭乱。

“这里真是太不可思议了！”陆吾忍不住感叹道。

“这些宝树都不算什么，花园里有两棵最珍贵的树，一棵叫智慧树，一棵叫生命树。等你见了就知道了。”西王母一边走一边说。

“这个花园这么大，宝物这么多，我担心一个人照看不过来。”陆吾开始发愁了。

“这好办。”西王母叫来半人半马、背后长有翅膀的英招，还叫来长着六个脑袋的树鸟、声音美妙的凤凰和长得像龙又像豹子的神兽，对它们说，“以后这个花园由管家陆吾来管理，你们要全力配合。”西王母把这些事情交代清楚，就离开了昆仑山。

陆吾就这样做了花园财富的守护者，他常常一个人自由自在地在花园里散步，有时他穿过铺满黄金的小路，来到花园中央的生命树下，感受它散发出来的勃勃生机；有时他来到水池边的智慧树旁，摘一颗果实吃下去，吸取它的智慧；有时他什么也不干，就静静地坐在美玉做成的凳子上，看着英招飞来飞去。

这天，陆吾正在生命树下思考，英招飞过来说：“有人来了。”

陆吾淡然一笑，来到那人面前，问他：“你想好要什么了吗？”

那人看着满园子的宝物，两眼放光，他东瞅瞅，西瞧瞧，考虑了好一会儿，才指着一棵长满金银珠宝的宝树说：“我想把那棵树带回去！”

“贪婪又愚蠢的家伙！”陆吾生气地张开爪子，发出可怕的声音。那人被吓得直打哆嗦，赶紧离开了花园。陆吾感到非常失望，这些人眼里只有金银珠宝，却不知道生命与智慧才是最珍贵的东西。

陆吾仍然每天悉心守护着花园，也期待着那些能发现真正财富的人出现。

——据先秦《山海经》改编

门神

Men Shen

每年春节时，家家户户都会在门上贴门神，祈求平安，让鬼怪不敢冒犯。拿着钢鞭的黑脸将军尉迟恭和拿着铁锏的白脸将军秦叔宝是最常见的门神，他们本是唐朝数一数二的名将，是帮助唐太宗打江山的元老，怎么又成了门神呢？这事还要从唐太宗说起。

一天夜里，唐太宗梦见一个白衣人向他求救："陛下救我！陛下救我！"

"你是谁？为什么要我救你呢？"唐太宗疑惑地问。

白衣人向唐太宗作揖诉苦："我是泾河龙王，平日专管打雷下雨。因为跟一个算命先生打赌，违背了玉帝的旨意，玉帝现在要杀我呢！今天来是希望陛下能救我一命。"

唐太宗更加好奇了，问道："咦，究竟是怎么回事？你说说看。"

龙王叹了口气，捻了捻胡须，便开始讲述——

那天，龙王去繁华的长安城里游玩，不知不觉走到了一个算命摊前。摊子不大，一张方桌后面坐着个白胡子老头，他身后的幡旗上写着一行大字：占卦算命，凡事皆知，不中者分文不取。

龙王看了觉得好笑，心里想：这老头真狂妄，天底下哪有什么都知道的人呢？

他上前一步，问道："我倒要算一算，长安城下一次什么时候下雨？下多少雨水？你要是不知道的话，我可要砸了你的摊子！"

算命先生抬头看了眼龙王，又闭上眼，低声说："明天午时，下三寸三分雨。"

龙王哈哈大笑，甩手离开了。他心想：我龙王专管下雨，连我自己都不知道明天要下雨，这老头还装得胸有成竹，真是可笑，看我明天不砸烂你的摊子。

谁晓得，龙王刚回到龙宫就接到玉帝的圣旨。圣旨上说，要他明天午时到长安城上空行雨，雨量正是三寸三分！

竟然真被那算命先生说准了！龙王越想越不服气，到了该下雨时却故意去晚了，而且还改了雨量。这下，总算跟算命先生讲的时间、雨量不一样了。下过雨后，龙王就怒气冲冲地去找那个算命先生，要砸了他的摊子。

算命先生却镇定自若地说："龙王，这次你可闯大祸了！违背圣旨是欺君之罪，你不好好行雨，玉帝会斩了你这条恶龙！"

龙王一听，顿时像被雷击中了一般，呆立在原地。过了一会儿才回过神来，跪在地上恳求："先生真是神通广大，我一时糊涂犯了大错，求先生给我指一条生路吧！"

算命先生皱着眉头，又捏着手指卜算，稍后对龙王说："如今玉帝派魏徵做行刑官，明日就会将你斩首。但魏徵也是唐皇的臣子，或许唐皇可以帮你。"

所以，龙王这才去唐太宗的梦中求救："陛下，请您想办法拖住魏徵，让他不要来杀我，那样我才能活命啊！"

唐太宗很同情龙王，就答应了他的请求："举手之劳，你放心去吧！"

第二天一大早，唐太宗就把魏徵叫了过来，拉着他下了一整天棋。没想到魏徵下着棋，居然打盹睡着了。唐太宗也不在意，认为他已经拖住了魏徵。但他不知道，魏徵竟然在梦中斩杀了泾河龙王。

龙王死后，阴魂不散，每天晚上都来找唐太宗，怪他言而无信，害他丢了性命。唐太宗吓得直冒冷汗，夜夜做噩梦，再也没睡过一次好觉。

“如此下去，陛下的身体堪忧啊！”大臣们很担心，纷纷出谋划策，“尉迟恭勇猛，能以一人之力退千军万马；秦叔宝机敏，进出敌军如入无人之地。如果有这两位将军守候在宫门外，一定能阻挡龙王的鬼魂。”

于是，尉迟恭和秦叔宝就去皇宫为唐太宗守夜。果真，唐太宗再也没有受到龙王的打扰，睡得很安稳。

但是，怎么能让两位大将军每晚都看守宫门呢？大臣们集思广益，终于想出一个好办法：将两位大将军的画像刻在宫门上，守卫皇宫。

画师用了整整三日，终于完成了画作。只见那朱红色的宫门上，两位将军双目圆睁，一个手拿钢鞭，一个手握铁锏，正气凛然地注视着前方，就像是两位将军真的站在门口一样。这样威武传神的画，果真吓得鬼魂再也不敢来了。

用画驱鬼的故事渐渐流传开来，老百姓也将他们两人的画像贴在自家大门上，以保佑家人平平安安。就这样，尉迟恭和秦叔宝作为门神，成了人们最常见的守护神。春节贴门神的习俗也一直延续到了今天。

——据无名氏《三教源流搜神大全》改编

玄鸟生商

Xuan Niao Sheng Shang

天帝有个妃子叫有娀氏，她生了两个美丽活泼的女儿，大女儿叫简狄，小女儿叫建疵。天帝为这两个女儿建了一座九重高台，让她们在那里无忧无虑地生活。

九重高台虽好，但日子久了，姐妹两个感到有些烦闷。有娀氏见两个女儿无精打采的样子，以为她们生病了，关心地问："乖女儿，你们是哪里不舒服吗？"

姐妹两个懒懒地回答："我们每天待在同一个地方，过着同样的生活，真是太无聊了！"

有娀氏听了，笑着说："原来是这样啊！离这儿不远有条河，今天我就带你们去河里洗洗澡吧！"

"太好了，我们还没到河里洗过澡呢！"

"快走吧，我都等不及了！"姐妹两个兴奋得又蹦又跳。

有娀氏挥了挥衣袖，招来一片云朵。她们乘着云朵，一会儿工夫就来到了河边。

河面上波光粼粼，倒映着蓝天白云、青山绿树。扑通一声，姐妹两人欢快地跳进了河中。她们在水中玩耍，欢笑声回荡在河谷之上。

天帝不放心两个女儿，便派了一只燕子来看她们。燕子在姐妹俩的头顶上盘旋，叽叽喳喳地叫着。

“啊，好可爱的小鸟啊！”姐姐简狄伸手想要抓住燕子。

“不要跟我抢，小鸟是我的！”妹妹建疵也想抓住燕子。

姐妹俩从河里上来，你追我赶地去抓燕子，可是抓了半天谁也没抓到。这时，姐姐简狄看到草丛里有一个筐，就拿起筐朝着燕子罩去，不偏不倚地把燕子罩在了筐里。

过了一会儿，姐妹俩听见筐里没了声响，以为燕子死了，就准备打开筐看看。没想到，她们刚一打开筐，燕子就乘机飞走了。

“好狡猾的燕子，居然骗人！”妹妹建疵气得直跺脚。

“这里面有一个鸟蛋，彩色的，真漂亮！”姐姐兴奋地大叫。等妹妹回过神来，姐姐已经把鸟蛋含在嘴里跑走了。

“姐姐，给我！”妹妹着急地在后面追。

“哎哟！”姐姐不小心被石头绊了一下，嘴里的鸟蛋竟然一咕噜掉进了她的肚子里。妹妹见了又好气，又好笑。

有娀氏见太阳快下山了，就带着两个女儿回到了九重高台。

不久，简狄发现自己的肚子越来越大——原来她怀孕了。后来，简狄生下了一个可爱的小男孩，给他取名为“契”。

契长大后非常能干，后来他帮助大禹治理洪水，立下了大功，舜就任命他为“司徒”，并赐姓“子”。后来的商王朝就是由契这一族发展起来的。契也被他的子孙尊称为“玄王”。

——据西汉·司马迁《史记》改编

巴祖廪君

Ba Zu Lin Jun

很久以前，大地的西南边有一座钟离山，山上住着樊氏、日覃氏、相氏、郑氏和巴氏五大部族。他们常常为了争夺食物和地盘大打出手。

“这样下去也不是办法！不如我们比试比试，谁赢了就是首领，怎么样？”一位长者提议。五大姓氏都想做首领，于是大家又争论起来。

“前面不远处有一块石头，谁能把剑投进石心，谁就当选为首领，如何？”

“这个主意好，就这么办！”大家纷纷表示同意。

几位部族代表一上场，手便开始不听使唤，不是掷远了，就是掷偏了，没有一个掷中石心。

最后一个上场的是巴氏的代表，名叫务相，据说是伏羲的后裔。务相拿起剑，朝着石头的方向扔了出去，砰的一声，剑正好投中石心。人们惊呼，发出一阵阵喝彩声。

务相赢了比赛，被推选为五姓的首领。人们尊称他为廪君。

廪君很有才能，在他的治理下，所有部族变得欣欣向荣。慢慢地，部落逐步壮大，必须要去寻找更广阔的地方。

廪君带领五姓人乘着土船，沿夷水南下，到了盐阳。盐阳有一条盐水河，廪君经过盐水河时，遇到了盐水女神。女神爱慕廪君，廪君也被女神的聪慧和美丽打动了。

“这里水草丰美，有吃不尽的鱼，用不完的盐，希望你能留下来和我一

起生活。”女神真诚地邀请廪君留下。

“这里虽好，但恐怕容不下那么多人。”廪君没有答应女神。他想为五姓人找一个更理想的地方。

第二天早上，盐水女神化作飞虫，并招来盐阳所有的飞虫，把盐水河一带遮得天昏地暗，让廪君和五姓人无法上路。

这样一直持续了七天，廪君无奈，便想了一个办法。他把一缕青丝送给盐水女神，并对她说：“请把这缕青丝佩戴在身上，这表示我永远在你身边，与你同生共死。”盐水女神不知是计，欣然接过青丝，佩戴在身上。

当盐水女神再次化为飞虫，在众多飞虫中舞动时，廪君站在阳石上瞄准舞动的青丝，一箭射中了盐水女神的肩膀。廪君在箭上涂了药，盐水女神中箭后晕倒在地，飞虫们四散惊飞，这时，昏暗的天空终于明亮了。

廪君带领五姓人乘上土船，顺流而下到了夷城。夷城的石岸弯曲，水流变得湍急。突然，前方出现了一个黑黝黝的洞口。

众人见了，纷纷泄了气：“我们刚从一个洞穴中出来，现在又要进入另一个洞穴，真是心有不甘啊！”

话音未落，只见石岸一下崩裂开来，断开一道三丈多宽的缺口，缺口处出现一道阶梯，梯梯相连，一直通到石岸上面。

廪君和五姓人将船停靠在岸边，顺着阶梯往上走。石岸上有一块平整的石头，长一丈，厚五尺。廪君拿着竹片，在石头上摆出一座城邑。这时，奇迹出现了，那些放在石头上的竹片，竟紧紧地黏附在石头上，好像生了根似的。

借此吉兆，廪君带领众人在石岸旁修建了一座城，并在那里定居下来。从此，五姓人就在这片土地上繁衍生息了。

——据汉·佚名《世本》改编

丹朱化鸟

Dan Zhu Hua Niao

尧有十个儿子，最大的叫丹朱。尧最爱丹朱，从小就对他寄予厚望。但是丹朱却非常不成器，屡屡让尧失望。丹朱其实很聪明，却不把聪明用在正途上，整天琢磨怎么玩。他性情骄傲暴躁，稍有不顺心，就大发脾气。

那时候，洪水滔天，大地一片汪洋，人们每天都处在水深火热之中。为了治理洪水，尧废寝忘食，不敢懈怠。而丹朱却觉得这洪水十分好玩，每天带着随从乘坐帆船，从北游到南，从东游到西。看见人们在水里挣扎，他不但没有一点怜悯之心，还哈哈大笑。

后来，洪水经过治理平息了，很多地方不能再通船，丹朱就让随从推着船走，还把这叫作“陆地行舟”。道路上有很多泥沙、石头和裸露出来的水草，随从们推船推得气喘吁吁，汗流浃背。

“你们快点！没吃饭吗？慢吞吞的。”丹朱坐在船上一边吼叫，一边用鞭子抽打随从。随从们害怕丹朱，只好忍痛前行。

尧看见丹朱如此乖张放肆，心里很难受。他发明了围棋，希望通过下棋能让丹朱增加涵养，改邪归正。丹朱起初对围棋很感兴趣，每天都与尧在地上用桑树枝叶摆好棋格，用犀角和象牙磨成的棋子对弈。但很快他就觉得厌烦了，仍旧整天和他的那帮酒肉朋友花天酒地。

尧对此很无奈。为了天下大局着想，他决定把国君的位置禅让给贤能的舜。丹朱知道后非常生气，想方设法从中作梗，尧只得狠心颁下诏书，把丹

朱流放到南方的丹水。

丹朱忽然变成了被流放到穷乡僻壤的落魄公子，心中十分怨恨：我作为嫡长子，本来该继承国君之位，现在父亲却把这个位置让给了外人，凭什么？我一定要夺回属于我的东西！

于是，丹朱把当地的三苗部众召集起来，鼓动他们说："现在我的父亲被小人蒙蔽，把原本属于我的国君之位禅让给了他人。谁能帮我夺回国君的位置，谁就是最大的功臣，到时候我一定给你们享不尽的荣华富贵。"

听了丹朱的话，三苗部众很受鼓舞："我们与其在这蛮荒之地受穷受苦，还不如跟着丹朱大干一场，要是成功了，我们就是最大的功臣！"于是他们决定参与叛乱。

很快，丹朱起兵造反的消息传到了尧的耳朵里。尧痛心疾首地说："丹朱变成这样都是我的过错啊！这次我一定得好好教训他，让他学会安分守己。"

尧立刻调兵遣将，亲自挂帅，统领大军到南方平定战乱。听说尧亲率大军赶来，丹朱的部队吓得手忙脚乱，赶紧整顿旗鼓，准备迎战。

在丹水抵抗了几天几夜之后，丹朱终于落败，带领少数部众一路逃到了南海。面对茫茫大海和紧跟在后面的追兵，丹朱一时进退两难。最后，他觉得自己再也没有脸面活在世上，便纵身跳进了南海。

丹朱死后，他的灵魂变成了一只鸟。这鸟长得像猫头鹰，但爪子却长得像人的手。

尧对丹朱的死感到痛心，就让丹朱的儿子到南海祭祀丹朱。后来，丹朱的后代就留在了南海，那里慢慢发展成一个叫作讙头国的国家。

——据先秦《山海经》改编

鲧窃息壤

Gun Qie Xi Rang

在黄帝当天帝的时候，人类做了许多恶事。为了惩罚人类，黄帝命水神共工降下滔天洪水。

洪水滚滚而来，淹没了庄稼，冲毁了房屋。人们爬到大树上，躲到山顶或山洞里，只能吃树皮、野菜充饥。但很快，洪水淹过了树梢，直逼山上。这时，瘟疫也开始爆发，毒蛇猛兽对人类虎视眈眈，人们随时面临着生命危险。

幸存的人一步步爬到山顶，对着上天祈求："天帝啊，您可怜可怜我们，把洪水收回去吧！"

人们的祈求没有感动天帝，却感动了他的孙子鲧。鲧看着受苦的人们，也忍不住去求天帝。但天帝却训斥了他："我命人降下洪水，是为了惩罚恶人，给世人一个警告，这么轻易就放过他们，这天下怎么能治理好呢？"

鲧失望地退了出去。人间的哀号声、祈求声不断传来，搅得鲧心急如焚。"我不能再犹豫了，我要自己带人去把洪水平息！"鲧坚定地说。

可是治理洪水远比鲧想象的要难得多。他风里来雨里去，治理了九年，吃尽了苦头，却不见成效。面对汹涌的洪水，鲧感觉自己的力量实在太渺小了："九年了，洪水

依然泛滥，人们还挣扎在生死边缘。我到底该怎么做？”

这时，一只猫头鹰骑着乌龟路过。猫头鹰说：“治理洪水并不困难啊！只要你有息壤。”

“息壤是什么？”鲧听了两眼发光，连忙问道。

“息壤是一种神土，可以不停地生长，只需要一小块，就能生出许多土壤，甚至还能生长成高山。有了它，还怕洪水不能平息吗？”猫头鹰耐心地回答。

“我要怎么才能得到它呢？”鲧急切地追问。

“它可是天帝的宝物，具体在哪儿我们也不知道。”没等猫头鹰开口，乌龟就打断了它的话。说完，乌龟又慢悠悠地向前爬去了。

鲧听了它们的话，急忙飞回天庭，花了好大功夫才打听到息壤藏在哪里。他趁看守的神灵不注意，成功偷走了息壤。

这息壤果然是难得的宝物，只要一点点，不但可以积土成堤，拦住汹涌的洪水，还能像海绵一样把洪水吸干。鲧带着息壤，不分昼夜地治水。洪水渐渐平息了，人们看着洪水消退，喜极而泣。

但很快，天帝就发现息壤被盗了。他大发雷霆：“鲧是我的孙子，却做出这样大逆不道的事，简直不可饶恕！”他马上派火神祝融到凡间惩治鲧。火神祝融为了夺回息壤，失手将鲧杀死在羽山。

没有了息壤，洪水重新漫延开来，大地又变成一片汪洋，人们再次陷入水深火热中。

——据先秦《山海经》改编

许由和巢父

Xu You He Chao Fu

在尧帝时，有两个性格乖僻的隐士，一个叫许由，一个叫巢父。许由和巢父是好朋友，他们互相欣赏，却又互相看不惯。

许由很特别。别的隐士都喜欢到乡下或者山林里隐居、种田，过自食其力的生活，他却像鸟儿一样住在树上，饿了就摘树上的果子吃，渴了就用手捧着河水喝。

一位善良的农夫见许由连个水罐都没有，就把手里的葫芦劈成两半，做成水瓢送给他。

许由接过葫芦舀了一大瓢水，咕咚咕咚地喝了下去："多谢，用它喝水确实比用手方便。"喝完水，许由爬回树上，把葫芦瓢挂在树枝上。风一吹，葫芦瓢与树干碰撞，发出铛啷啷的声音，常常把许由从睡梦中吵醒。

"你这个累赘东西，除了能多盛一点水，还有什么用？"许由生气地把瓢取下来，狠狠地摔在石头上。

到了冬天，许由就住到山洞里躲避寒冷。过了冬，他又继续住到树上。

尧帝年纪大了，太子丹朱不成器，他便寻找贤能的人来继承他的帝位。他听说阳城有位贤人叫许由，就驾着车亲自去拜访他。

尧一路走一路问，终于找到了许由。他来到树下，恭恭敬敬地说："您就像那悬挂在高空上的太阳，我就像那快要熄灭的篝火。天下有您就够了，我没有理由再占着帝位。请您接受帝位吧！"

许由一口回绝道：“我虽然隐居在这里，但我知道您已经把天下治理得非常好了。我为什么还要接受帝位呢？难道是为了名誉吗？您还是请回吧！”

许由知道自己隐居的地方已经暴露，为了躲避烦扰，他又来到颍水南面，箕山的山脚下。

过了几年，尧又动了请许由出山的念头，便派了一个能说会道的使臣前去。使臣诚诚恳恳地劝说许由：“您如此贤德，要是一直隐居，岂不是太可惜了？要是您能担任九州长，造福百姓，不是很有意义吗？”

许由根本不愿意再听下去，觉得这样的话脏了自己的耳朵，就跑到颍水边去清洗耳朵。

这时，许由的朋友巢父牵着一头小牛来河里饮水，他看到许由在洗耳朵，觉得很奇怪，就问道：“你是耳朵里进脏东西了吗？为什么要清洗呢？”

“比进了脏东西还要糟糕！刚才尧的使臣来劝我去做九州长，我很讨厌这样的话，所以来洗一洗。”

巢父听了，翻了个白眼，轻哼一声，说：“老兄，你就别假装清高了，你要是真心想隐居，别人又怎么会来打扰你呢？还不是你四处传播自己的好名声。现在别人真心实意来邀请你，你又跑来这里洗耳朵。你洗过耳朵的水，我的小牛喝了，我都怕脏了它的嘴巴。”说完，他就牵着牛到上游喝水去了。

后来，许由一直隐居在这里，死后葬在了箕山上。据说现在箕山上有许由的墓，山下还有牵牛墟。在颍水边，有一眼叫犊泉的泉水，泉水周围的石头上还有小牛留下的足迹，传说这里是巢父牵牛饮水的地方。

——据东汉·蔡邕《琴操》、西晋·皇甫谧《高士传》改编

重明鸟

Chong Ming Niao

尧在位的时候，爱人民，行仁政，把国家治理得非常好。周围的国家听说了尧的事迹，都非常仰慕他。在尧晚年的时候，秖支国的使者给他送来一只奇特的鸟。

这只鸟有多么与众不同呢？据说它的每只眼睛里都长着两个瞳孔，所以人们把它叫作重明鸟。

重明鸟长得很像鸡，要是把它跟鸡放在一起，不仔细看它的眼睛是很难把它认出来的。但它不会像鸡一样发出咯咯咯的叫声，它的叫声像凤凰的叫声一样美妙动听。

虽然重明鸟长得非常瘦小，但它的力气却非常大，甚至能轻松打倒老虎、狼等凶猛的野兽。在打斗时，它喜欢把身上的羽毛脱下来放到树上，光着身子，露出肌肉。打败野兽后，它又会像穿衣服一样把羽毛穿到身上。

自从有了重明鸟，毒蛇、猛兽纷纷躲了起来，生怕被它看到。人们十分感激重明鸟，都把家里最好的食物拿出来，有香喷喷的烧鸡、鲜美的鱼肉，还有各种新鲜的瓜果蔬菜。可是重明鸟并不吃这些，它闻了闻就飞走了。

一位见多识广的老人沉思着说：“重明鸟是一只神鸟，怎么会吃我们人类的东西呢？我们可以拿珍珠、玛瑙等珠宝的膏液来试试。”

于是人们又拿出家里的珠宝，磨成粉，做成膏液，送到重明鸟面前。当重明鸟闻到美玉的膏液时，兴奋地扇动翅膀，吃了起来。

“这重明鸟果然不一般！”大家不由得感叹道。

重明鸟热爱自己的故乡，常常不远千里飞回秪支国。它并没有忘记这里的人们对它的好，因此会不辞辛苦地飞回来，一年要飞好几趟。后来，它的年龄越来越大，体力大不如前，它飞回去一趟要隔好几年才能再飞回来。

重明鸟不在的时候，野兽常常出来作乱。于是，人们都把门前扫得干干净净，摆上美玉膏液，期盼着重明鸟能够早日飞回。

后来，人们总是等不到重明鸟回来，就干脆用木头或者金属做成重明鸟的样子摆在门口。果真，野兽见到这种鸟后都低着头往后退，再也不敢来冒犯了。

——据东晋·王嘉《拾遗记》改编

尧舜禅让

Yao Shun Shan Rang

尧帝非常贤明，他能团结天下的部族首领，对百姓施仁政，得到广大百姓的拥戴。但是，他的年龄渐渐大了，必须要找人来接替自己的位置了。

尧把四方部族的首领都召集起来，对他们说：“我已经在位七十年了。现在我老了，谁能接替我的位置呢？”一个部落首领说：“您可以让太子丹朱继承帝位。”

尧很生气，斥责道：“丹朱游手好闲，又喜欢同人家争吵，怎么能行？”

有人仍旧劝道：“以往的帝位都传给自己的子孙，丹朱公子虽然顽皮些，但也是可以教育好的。如果我们破了例，恐怕丹朱心中会十分痛苦。”

尧正色道：“把权力交给贤人，天下人才会得福。如果把权力交给品德不好的人，天下人岂不是要遭殃？”为了防止丹朱日后叛乱，尧下令将他流放到南方偏远的地方。

有个叫獾兜的部落首领说：“共工做过不少事情，颇有成绩。我看可以让他继承。”

一位首领说道：“不行，不行！共工能言善辩，却用心不良；表面上做事、待人毕恭毕敬，实际上却连上天都敢欺瞒。这种人不能任用！”

大家面面相觑，四个部族首领交头接耳地商量了半天，才对尧说：“历山有个叫舜的青年，是有虞氏的后代，品行很不错。”

尧说：“我也听说过这个人，不过还是要考察他一下。”

不久，尧就把自己的两个女儿——娥皇和女英嫁给了舜。这时候，舜三十岁。舜名叫重华，从小母亲就去世了。他的父亲瞽叟又娶了妻子。不久，舜的继母生了个儿子，名叫象。象从小娇生惯养，渐渐养成了桀骜不驯的性格。舜得不到关爱，受尽了父亲和继母的虐待。

舜做过很多工作。他曾经在历山种过田，在雷泽捕过鱼，在黄河边上做过陶器，在寿丘做过多种手艺，甚至在负夏做过小生意。无论做什么，他都做出了成绩。

舜具有非常优秀的领导能力，因此许多民众都来归附他。他住过的地方，通常一年能成为村落，两年便成为邑，三年后就能成为城了。

尧了解到这些情况，就赏给舜一些用细葛做的衣服和一架琴，还送给他不少牛羊，为他建造了存放粮食的仓库。

舜用宽厚仁慈的心和博大的胸怀赢得了百姓的信任，却难以改变父母和兄弟的险恶用心。他们看到舜受到尧的赏识，并且得到了很多赏赐，心中又是嫉妒、又是眼馋，于是就计划谋害他。

一个炎热的中午，瞽叟说粮仓的顶上出现了裂缝，叫舜到仓顶上用泥涂抹。舜二话没说，就上了仓顶。由于太阳晒得厉害，舜就带了两个斗笠，一个戴在头上，另一个准备盖在刚抹好的缝隙上。正当舜专心致志地修补时，瞽叟却在粮仓下放起火来。舜急中生智，赶紧将两个斗笠抓在手里，伸开两臂，像长了翅膀一样，从高高的仓顶上跳了下去，毫发无损。

一计不成，狠心的瞽叟又生一计。他和小儿子象合谋，叫舜去淘井。这次舜的两个妻子提高了警惕，让舜先在井底挖好了一条横向的出口。果然，在快完工时，瞽叟和象突然从井口往下扔土块和石头，很快就将井填死了。他们以为舜这次一定死在井里了，却没想到舜不但没死，甚至还加倍恭敬地对待他们。

知道了舜的事迹，众人深受感动，一致同意尧把帝位禅让给舜了。

——据战国·韩非《韩非子》改编

大禹治水

Da Yu Zhi Shui

鲧为了拯救百姓，窃取了天帝的息壤来治理洪水。天帝发现后非常生气，马上派祝融夺回息壤，鲧也被祝融杀死在羽山。

鲧死后，身体三年不坏，还在肚子里孕育出一个新生命。天帝派天神剖开鲧的肚子，一条长着利角的虬龙忽然盘旋而起，飞上天空。这条虬龙就是鲧的儿子禹。

禹继承了鲧的非凡神力，长大后知道了父亲的故事，更为父亲感到非常自豪，并发誓要平息洪水，完成父亲的遗愿。

“请天帝赐予我息壤，我将与洪水抗争到底，否则决不罢休！”禹向天帝请愿。

这洪水本是天帝让共工降下来惩罚人类的，他并不想拯救人间的苦难。但是自从鲧被祝融失手杀死之后，天帝的心中感到十分愧疚。这次又见到禹如此恳切，便只好答应了他的请求，还派应龙帮助他共同治水。

共工得知天帝答应了禹的请求，十分不服气地

说：“天帝让我降下洪水，我还没大显神通呢，禹这个小子就要来治水，做梦！”发怒的共工使出了全身的力量，一时间水浪翻滚，山石崩塌，树木断裂，汹涌的洪水一直淹到了空桑。

禹见共工如此蛮横，也不示弱，召集群神在会稽山会合，协力打败了共工。虽然没有了共工的阻挠，但洪水还是没有退去。

禹分析了父亲治水失败的原因，发现单用息壤来堵住洪水是不够的，必须要疏通河道，把水流引向大海才行。

于是，当他遇到极深的沟壑时，就用息壤填平；来到低洼地区，就将土地加高，堆成一座座雄伟的高山。

他让应龙在前方开路，龙尾扫过的地方就会变成平地，洪水便顺着它尾巴扫出的方向，一直流向东方的汪洋大海。

一天，禹在黄河边治水，突然从浪里跳出一条又白又长的鱼，他定睛一看，这条鱼还长着一张白白嫩嫩的人脸。

“你莫非是河伯？”

“你认识我？我听说你正在治理洪水，特地来送给你一样宝贝。”

河伯掏出一块墨绿色的大石头递给禹，石头上还布满弯弯曲曲的线条。禹看出这是河道的地图，当他抬头正要谢过河伯时，河伯早已消失在了浪花中。

有了地图，禹就按照图上河道的走势开凿河流，治起水来自是事半功倍。

有一座龙门山，高大险峻，挡住了黄河的去路。河水冲向龙门山，掀起滔天巨浪。禹就用神力把龙门山劈成两半，让河水从中间奔流开来。这座被劈成两半的山就像两扇大门，屹立在大河两岸。

禹在开凿龙门山时，偶然走进了一个大溶洞，里面伸手不见五指。正当禹不知道该往哪走的时候，突然看见前方有一团白光慢慢向他靠近，光越来越亮，照亮了整个溶洞。原来这是一条又大又长的黑蛇，它的头上长着角，嘴里叼着一颗夜明珠。禹跟着大黑蛇穿过狭长的通道，来到一个殿堂里，看到殿中央坐着一个人脸蛇身的神。

“你是华胥氏与雷神的儿子伏羲吗？”禹恭敬地问。

“是啊，我就是伏羲，是我让黑蛇把你带到这里的。我有一支玉简要给你，你可以用它丈量土地。”这支玉简有一尺二寸长，形状很像竹片，却可以丈量高山、深水。禹谢过伏羲，带着玉简走出了溶洞。

禹日复一日地治理着洪水，转眼就三十岁了。他在涂山遇到一个名叫女娇的姑娘，一见倾心，后来就与她结为夫妻。但禹心系百姓，新婚第四天，就离开妻子去远方治水了。

禹忙着治水，到处奔忙，曾三次经过家门都没有进去。第一次经过时，妻子已怀有孩子；第二次经过时，他的孩子刚出生；第三次经过时，他的孩子已经在学堂念书了。

禹走遍了九州大地，历尽了千辛万苦，终于平息了洪水，让人间恢复了平静。

——据西汉·刘安《淮南子》改编

终北国

Zhong Bei Guo

大禹治水的时候，有一天他来到北海附近，却迷失了方向。他带着队伍，沿着海岸向北走，走了几天几夜，到了一个陌生的地方。这个地方平坦空旷，地上没有任何花草树木，也不知道它的边界在哪里。四周安静极了，不仅没有鸟兽的叫声，连流水和刮风的声音也没有。

大禹越走越迷惑，想找个人来问问。可接连走了好几天，路上一个人也没遇到。又走了几天，他们远远地看到前面有一条小河，河里有很多像人又像动物的光溜溜的东西在游动。

“走，去前面看看！”大禹带领队伍加快了脚步。

靠近之后，他们惊讶地发现，那些光溜溜的竟然是一群人。他们肤色白皙，像冬天里落下的雪花；头发又黑又亮，就像抹了油一样。他们的年纪都在二十岁左右，他们有的高声歌唱，有的嬉戏打闹，无论男女，全都光着身子。

大禹觉得很难为情，便低着头向前走。这时，一个男子迎面走来。大禹赶紧向他行礼，恭敬地问道：“我们因为迷路才走到这里，到现在也没有找到方向。请问这里是什么地方？”

男子从头到脚打量了大禹一番，觉得他长得很奇怪，不觉皱了皱眉，说：“这里是终北国。”

“可你们为什么不穿衣服呢？”大禹觉得别扭，忍不住问道。

那人摸着后脑勺，完全听不懂大禹在说什么，反问大禹："你说的衣服是什么？"

这时，河里有人看见了大禹和他的队伍，也好奇地围了上来。当然，他们全都没穿衣服。

"衣服就是我们现在身上穿的东西，可以用来御寒啊！"大禹指了指自己身上的衣服，又指了指随从身上的衣服，大声回答。

"哦，我明白了，我们这里没有风雨，也没有霜露，不需要你说的衣服。"

大禹觉得这群年轻人在开玩笑，就想找个长者询问。他左右张望着，可怎么也找不到年长的人，于是问道："你们这里没有年龄大些的人吗？"

那人哈哈大笑："我都快要五十岁了啊！年龄还小吗？"

大禹惊讶地张大了嘴，又问道："你们平时都吃什么？怎么能做到容颜不老的呢？"

男子不急不躁地回答："我们饿了、渴了就喝河里的水，从不吃别的东西。"

大禹不由得摸了摸脑袋，指着河面说："河水怎么能管饱呢？"

没等男子回答，一个和善的女子就舀了一瓢水送给大禹。

大禹接过水瓢。没想到，那河水清香胜过兰草，味道甘甜胜过美酒。喝完后，大禹感到精神大振，全身的疲惫消失得无影无踪。于是，他忍不住跑到河边，捧起河水大口大口地喝了下去。过了一会儿，一股醉意袭来，大禹竟昏睡过去。一直睡了十多天，他才醒来。

"这个终北国真是神奇，我一定要把它弄明白。"

于是，大禹便和随从一起住了下来，打算向当地人仔细请教一番。

大禹找了一位年纪很大的人询问："你们这里实在有很多让我感兴趣的地方，您能否带我去参观一下呢？"

那人爽快地答应了大禹的请求。他领着大禹，沿着河流，一边走一边讲：

“在我们终北国的正中央有一座高山，这座山的名字叫壶岭，看起来就像一个口小肚大的瓦罐。在壶岭的山顶上有一个洞口，洞口的形状像个圆环，泉水就从圆环中不断涌出。水流到山下，就分成了无数条河流。你眼前的这条河就是从那里流出来的。我们终北国的人长年饮用河里的水，既不生病，也不衰老，等到一百岁的时候便会自然死去。”

“原来如此！”大禹长叹一声。

生活在终北国的人，因为衣食无忧，一生都不需要劳作，想玩就玩，想睡便睡，每天都过着与世无争的生活。大禹很羡慕这里的人，也想在这里生活，但洪水还没有平息，他也不能不顾百姓的安危。所以，在终北国逗留一段时间后，大禹就带着队伍离开了。

——据春秋战国·列御寇《列子》改编

愚公移山

Yu Gong Yi Shan

从前有两座山，一座叫太行，一座叫王屋。它们挨在一起，占地七百里，高七八千丈。

山脚下住着一位叫愚公的老人，他快九十岁了，身体健康，子孙满堂。他每天带着家人们上山打柴、下地耕种，一家人丰衣足食，生活幸福。但是他们每次出门都很不方便，要爬上太行山，翻过王屋山，绕很多路才能到达最近的镇子。

愚公看着这两座山，心里很不痛快：我年龄大了，待在家里也没什么。可是孩子们怎么办呀？一出门就要翻山越岭，太不方便了。我得把这两座山移走！

于是，愚公召集了全家人："两座大山挡住我们家的路口，真是太可恶了！咱们一家人齐心协力铲平这两座山，你们说怎么样？"

妻子摇摇头："老头子别做梦啦，就凭咱们的力气，一个小山坡都铲不平，更何况太行、王屋这样的大山呢？铲下的石头和泥土放哪里？"

愚公慢慢地说："别着急，咱们一点一点地搬。

我们可以把石头和泥土运到大海边上去。”

第二天一大早，家里所有人便开始行动起来。男子凿石头，挖软土，撬起一块块大石头，搬上牛车，运往海边；女子和小孩负责送水送饭。就连邻居七八岁的小孩，也蹦蹦跳跳来帮忙，那场面热闹极了。

因为山和海的距离太远，那些运泥土和石头的人半年才能往返一次。过了好久，他们才把太行山挖出了一个小角。但这并没有难倒愚公和他的子孙，他们从不气馁，照旧每天挖山、运土。

河湾上的智叟知道了这件事，跑过来劝说愚公：“愚公啊愚公，没想到你一把年纪了，还在干这样的蠢事！你还能活多久呢，又能有多少力气呢？我看你连个山头都铲不掉，怎么可能搬动这两座大山呢？”

愚公听了，哈哈大笑：“不错，我是老了，剩余的日子也不多了。可就算我死了，还有儿子在呀！儿子又生孙子，子子孙孙无穷无尽，可是山却不会长高，一代一代挖，还怕挖不掉吗？”

智叟被他说得哑口无言，只好悻悻地离开了。

就这样，愚公带着家人不停歇地劳动着。附近村子的人听说了这件事，也纷纷加入挖山运土的队伍，日夜不停地挖起来。

山神十分恐惧，他怕这两座大山都被人们铲平，连忙向天帝报告。天帝被愚公移山的诚心所感动，就派天神把这两座山背走，一座放在朔方的东部，一座放在雍州的南部。

于是，从冀州南部到汉水南岸，再也没有高山阻隔了。

——据《列子》改编

孔甲蓄龙

Kong Jia Xu Long

禹建立了夏朝，经历了十几代后，传到了一个叫孔甲的国君手里。孔甲十分昏庸，整天不理朝政，只知道吃喝玩乐。夏朝在他的治理下越来越衰落。

孔甲很喜欢养龙。有一天，天上忽然降下一雄一雌两条巨龙。孔甲非常高兴，认为这是吉兆，马上叫人把两条龙养了起来。

可是，孔甲对龙的习性完全不了解，全凭着自己的喜好去喂养，每天都给它们吃大鱼大肉。两条龙变得越来越瘦小，精神也越来越差。孔甲很着急，四处寻找善于养龙的人。

这时，一个叫刘累的人跑到孔甲面前，说："陛下，我曾在豢龙氏那里学过驯龙术，对养龙十分精通。您若信任我，我一定会把这两条龙养得又肥又壮。"

孔甲听了刘累的话，信以为真，就派他做了养龙的官，还赐给他"御龙氏"的名号。

实际上，刘累只在豢龙氏那里学了几天本领，对养龙只是一知半解，根本养不好龙。不久之后，雌龙就死了，剩下的雄龙也变得病恹恹的。

刘累闯下大祸，本该前去请罪，可他却毫不在意，还让人把死龙从池子里捞上来，剔掉龙鳞，剁成肉酱，放到锅里蒸好，献给孔甲。他讨好地说："陛下，我前几天捕获了一个珍贵的猎物，想来想去，只有献给陛下才能体现它的价值，所以我特地花了很长时间，把它做成了一道菜，请陛下品尝。"

孔甲听了刘累的这番话，心里很欢喜，再一尝这道菜，味道奇特，鲜美无比，忍不住大大夸赞了刘累一番。

孔甲吃了美味，心情大好，便让刘累把龙放出来看看。孔甲发现只有一条雄龙没精打采地表演，却不见雌龙，便疑惑地问："为什么不见雌龙呢？"刘累撒谎说："雌龙怀孕了，所以不能出来表演。"

接连几次，刘累都借故不让孔甲见雌龙。孔甲忍无可忍，终于发了火，拍案大吼："你今天必须把雌龙交出来，交不出来就提头来见！"刘累见事情瞒不住了，便连夜带着家人逃走了。

孔甲知道雌龙死了，非常痛心，决定要不惜代价把唯一的雄龙养好。他又四处寻找养龙高手，后来找到一个叫师门的人。这人十分奇特，他不吃菜，不吃主食，只吃桃花和李花，还能燃起一把火把自己烧掉，然后乘着烟飞升上天。果然，雄龙交到他手里后，很快就恢复了精神。

师门本事大，脾气也大，在养龙时不喜欢听别人指挥。孔甲却最喜欢瞎指挥。师门每次听了他的话都忍不住反驳，孔甲常常被气得满脸通红。后来孔甲终于忍无可忍，怒气冲冲地说："来人呀，把这个不知天高地厚的家伙拉出去砍了，再把他的尸体埋到荒郊野岭！"

他的手下真的杀了师门，还把他的尸首埋在城外。可刚把师门的尸首埋下去，就刮起了狂风，下起了暴雨。风雨一停，又燃起了熊熊大火。

孔甲望着城外的大火，心里有些害怕。他叫人备车，亲自到城外求拜天神。经过一番祈祷，火势渐渐小了，不一会儿就全部熄灭了。孔甲这才放心地上车回宫。

在回宫的路上，一道闪电忽然从上空劈下来，大家当时没发现异常。可到了宫门口，侍卫打开门请国君下车时，只见孔甲直挺挺地坐在车里，眼睛瞪得大大的，一动不动。原来他已经被闪电劈死了。

——据西汉·司马迁《史记》改编

伊尹为相

Yi Yin Wei Xiang

商汤是一位贤能的君主，品德高尚，勤政爱民。右相伊尹是他的得力助手，也是我国历史上有名的贤臣。

伊尹生于伊水边，曾经是有莘氏家族的奴隶，但他自幼聪慧，勤奋好学，研究了三皇五帝、大禹等英明君王的施政之道，对当时的社会有深刻的认识。

当时夏桀暴虐残忍，滥用民力，致使田地荒芜，民不聊生。商族首领汤却对百姓实行仁政，很多小国都归顺了他。伊尹认为，商汤才是君王的理想人选。正逢商汤要娶有莘氏之女为妃，伊尹便自愿作为陪嫁的奴隶，随同到商。

伊尹的烹饪技术高超，做的饭菜色、香、味俱全，汤非常喜欢。于是他巧妙地利用为汤送饭的机会，给汤讲一些治国之道。

有一次，他给汤做了一碗汤，汤说：“你的手艺很好，做的汤非常好喝，你是怎么做到的呢？”

伊尹笑着说：“这碗汤其实味道很一般。如果要它美味可口，成为天下最好喝的汤，还需要更多的佐料。”

汤果然很感兴趣，问：“什么地方有那些佐料？我可以去找。”伊尹解释道：“您目前的领地太小，还凑不齐这些东西。比如汤中用以调五味的调料，都要到很远的地方才能得到。如果将来你成了天子，就能轻易拥有这些好东西了。”

接着，伊尹又分析了天下大势，讲解为政之道，劝汤承担灭夏大任。他还告诉汤，只有任用贤才，推行仁义之道，才能夺得天下。

伊尹的一番高谈阔论，让汤十分惊讶。他没想到，一个厨子竟有如此见地。他开始对伊尹另眼相待，一遇到难以解决的问题，就来请教伊尹。伊尹每次都能给汤提出恰当的建议。

汤认为伊尹是一个难得的人才，不久便废除了伊尹的奴隶身份，直接任命他为右相。

伊尹见汤如此信任自己，便下决心尽力辅佐汤。汤励精图治，爱护百姓，得到了百姓的拥护。商族的势力更强大了。

后来，夏朝日益腐败，民不聊生。为救民众于水火之中，伊尹辅佐汤起兵讨伐夏朝，彻底推翻了夏朝的统治。夏朝灭亡后，汤正式开启了商朝的统治。

——据战国·吕不韦《吕氏春秋》改编

姜太公钓鱼

Jiang Tai Gong Diao Yu

商朝末年，周国越来越强大，他们的首领是西伯侯姬昌。姬昌是后稷的后代，皮肤黝黑，身材高大，待人宽厚，施行仁政，百姓们都很拥护他。

商纣王见周国的实力越来越强大，怕姬昌威胁到自己的地位，便召集大臣商量应对的办法。

一个大臣提议："可以举办一场宴会，将他骗过来，然后把他囚禁起来！"

纣王采纳了大臣的建议，把姬昌骗来，囚禁了他。

姬昌的臣子听说姬昌被抓了，非常着急，他们聚在一起，商量怎么把姬昌救出来。他们知道纣王很贪财，又喜欢美女，便找来了很多绝色美女，准备了好马和珠宝，献给纣王，又买通了商朝的大臣，请他在纣王面前求情。

纣王收了礼物，非常高兴，又听了大臣的话，心想：区区一个小国家，怎么可能威胁到我这泱泱大国？于是纣王就放了姬昌。

姬昌获得自由之后，想到囚禁之辱和纣王的暴虐，下决心要推翻纣王。可是周国虽然有不少文臣武将，却缺乏一个能够统筹全局的贤能之人，帮助他筹划如何推翻纣王。

姬昌四处寻访贤才，但始终没找到合适的人。

有一天，姬昌外出打猎，来到了渭水支流磻溪边上，看见一位戴着斗笠、穿着青布衣服的老人，坐在岸边钓鱼。

这位老人白须白眉，看起来有七八十岁了，他一边钓鱼，嘴里还不断嘀咕着："快上钩呀鱼儿！愿意上钩的快来上钩！"更奇怪的是，那老人的鱼钩离水面有三尺高，鱼钩是直的，上面也没有钓饵。

姬昌好奇地去和老人攀谈："老翁，您这样怎么能把鱼钓起来呢？"

老人回答说："你只知其一，不知其二。我要钓的不是鱼，而是王与侯。"

原来这位老人姓姜名尚，又名子牙，是炎帝的后代。他听说西伯侯姬昌尊贤纳士、广施仁政，便特意来到渭水北岸的磻溪边，天天用直钩钓鱼，等待贤明的君主来寻访他。

攀谈之后，姬昌发现老人上通天文，下知地理，对政治、军事各方面都很有研究。如此目光远大、知识渊博的人，不正是他要找的贤才吗？

姬昌恳切地请求姜尚帮助自己治理国家，拉着姜尚的手，请他坐上马车，自己亲自驾着车子，回到了城里。姬昌拜姜尚为国师，尊称他为"太公望"。太公望又升为国相，总管全国的政治与军事。后来，人们省略了"太公望"的"望"，称他为"姜太公"。

姜太公果然是栋梁之材。他帮助姬昌整顿政治和军事，对内发展农业生产，使人民吃好穿暖；对外征服部族，开拓疆土，削弱了商朝的力量。

姬昌去世后，姜太公又继续辅佐姬昌的儿子姬发，使周国更加强大，最终打败了商朝，建立了周朝。

——据西汉·司马迁《史记》改编

啼血的杜鹃

Ti Xue De Du Juan

远古时期，蜀地有位贤明的君主叫杜宇，百姓都尊称他为“望帝”。望帝很关心百姓的生活，率领百姓种植五谷。每到春耕时节，他还会叮嘱众人按时劳作，千万别错过耕种时机。蜀国人民安居乐业，生活非常幸福。

唯独有一件事让望帝非常烦恼，那就是蜀国时常发生水灾。洪水会淹没良田，冲垮房屋，让百姓苦不堪言。望帝想了很多治水的办法，但效果都不太好。

望帝为此日夜忧心，每天都愁得睡不好觉。他时常想：“要是上天能派个人来治理水患该多好呀，就算我把帝位让给他都行！”

有一年，望帝外出巡访，经过了一个小村庄。他听见远处传来一阵叫喊声：“神了，死人复活啦！”

原来是有一具尸体在河面漂浮，人们刚把尸体打捞上来，尸体就复活了！更奇怪的是，复活的人说他生活在河水的下游，他竟然是逆着水流漂到位于上游的蜀地的。

居然有这样的事？望帝好奇极了，叫侍卫带来那死而复生的男子。

望帝上下打量男子，问：“你是谁，怎么会在河里？”

“我叫鳖灵，是楚国人，在河边散步时不小心掉到了水里，就从楚国漂到了这里。”男子回答。

望帝和鳖灵越聊越投机，得知鳖灵懂得治水，望帝就任命他为蜀国的丞相，负责治理水灾。

不久后，蜀地接连下了好几天暴雨，一场大洪水又暴发了。滔滔洪水流过村庄，冲毁了房屋，卷走了牲畜和财物，只留下无家可归的百姓。

看见百姓失去家园，失去亲人，望帝非常难过。他愁得吃不下饭，睡不着觉，让鳖灵尽快想办法：“不能再让百姓因为洪水流离失所，必须得找个彻底消除水患的办法。”

鳖灵仔细考察了蜀地的山川地形，决定学习大禹，用疏通水道的方法来治水。他带人在山中凿出一条条通路，打通了巫山，将洪水引入长江，彻底消除了水患。

望帝见鳖灵聪明能干，又立下了这么大的功劳，就决定把王位禅让给鳖灵，而自己则去山林里隐居，过完余生。

望帝虽然隐居了，但心里依旧惦念着百姓。去世之后，他的灵魂化成了杜鹃鸟，每到清明、谷雨等耕种时节，就会飞到田野上，大声啼叫。这时，农人们就会相互提醒：该去播种插秧啦！因此，百姓又把杜鹃鸟叫作“催工鸟”。

后来蜀国灭亡，望帝的灵魂眼睁睁地看着百姓流离失所，却无计可施。他心里的怨恨化作了一声声悲鸣：“不如归去——不如归去——”因为啼叫了太多，杜鹃鸟的嘴都被啼出的鲜血染红了。蜀国百姓听到杜鹃鸟的啼叫声，就知道：这是我们的望帝杜宇，又在怀念故国了啊！

——据西晋·张华注《禽经》改编

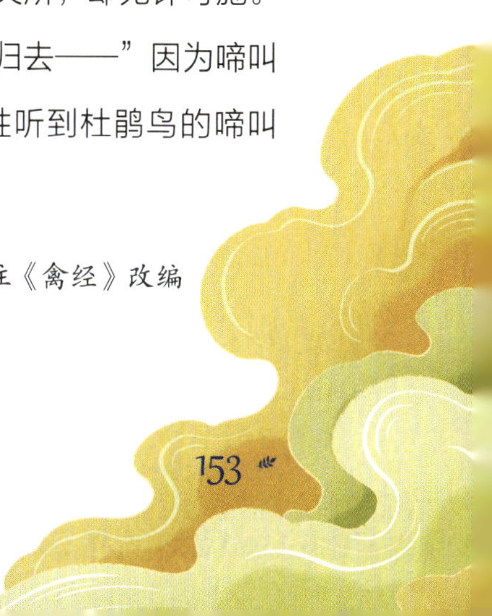

天河浮槎

Tian He Fu Cha

传说在很久以前，天上的银河和地上的大海是相通的。每到农历八月，就有仙人乘着竹筏从天上的银河来到人间。一个住在海岛上的探险者看见这一奇景，萌生了乘坐竹筏去天上游览的想法。他心想：既然天上的仙人能乘竹筏来到人间，我为什么不能乘竹筏去天上看一看呢？

于是，探险者准备好干粮便出发了。他划着竹筏，顺着海水往天边奔流的方向走。翻腾的海浪和猛烈的风雨没有让他打退堂鼓，为了亲眼看一看银河，他决定无论如何都要坚持下去。

竹筏在海上漂了十几天，周围的景色没有一点儿变化，太阳依旧东升西落。白天，陪伴他的是呼呼的风和美丽的云朵；晚上，陪伴他的是亮晶晶的星星和皎洁的月亮。这些景色和他以前在海岛上看到的风景没有区别。

过了一段时间，探险者发现天和地的界限开始变得混沌，分不清白天和黑夜，周围苍茫无边，非常壮阔。他知道自己已经来到海天相交的地方了，于是又加快了划水的速度。

竹筏在海上又漂了十几天，终于到达了天河尽头。探险者把船停在天河尽头，登上了天界。这里长着奇形怪状的树木，树上开满了艳丽无比的花朵，到处都是从未见过的鸟儿和灵兽。他沿着铺满翡翠的道路往前走，看到路边立着一排排晶莹透亮的房子。这些房子全部用水晶、玛瑙、翡翠、珍珠、黄金、珊瑚等材料建成，辉煌无比。他不由得感叹："这样惊艳的景色、闪亮的房子，也只有天上才有啊！"

探险者来到一座宫殿前，小心翼翼地推开水晶门，看到殿内有十个姑娘正在有说有笑地织布，那布比雨后的彩虹还美丽。他忍不住问："这布如此好看，是用什么织成的？"织布的姑娘这才发现闯进了一个陌生男子，惊讶地问："你是谁？是怎么到这里的？"

探险者不敢隐瞒，把自己通过天河上天的过程一五一十地告诉了织布的姑娘。

织布的姑娘听了他的经历，也觉得很惊奇。姑娘见探险者仍目不转睛地盯着织好的布，便告诉他："这布不是用普通的棉线织的，也不是用蚕丝织的，而是用天上的云彩织的，所以才如此美丽。"探险者恍然大悟。

随后，另一个姑娘拿出一块绚丽的五彩石，递给探险者，说："你远道而来，实在不容易，这块石头就送给你做纪念吧。"

探险者接过石头端详，说："谢谢姑娘，这石头的形状和颜色实在好看，这是什么石头？"

姑娘回答："这是支矶石，是用来垫织机的。"

探险者如梦初醒，大声说道："姑娘一定就是传说中的织女。"

姑娘点了点头，说："是的，我就是织女。"

探险者喜出望外地说：“没想到我不仅登上天界，还见到了织女，真是太让人高兴了。”探险者不敢久待，随即便向仙女们告辞，准备沿着原路返程。

回程中，他看到一个魁梧的青年用银绳牵着一头五色神牛在路边徘徊。

青年看到探险者，吓了一跳，问道：“你是谁？我从未在天界见过你。”

探险者恭恭敬敬地上前说：“在下来自人间，因为向往天界，便乘竹筏来到了这里，若是打扰了天神，还望您见谅。”

“哦，原来是人间来的朋友，那么远的路程，真是难为你了。”青年说。

“天神能否告诉在下这里是天界的何处？”探险者问。

青年笑着说：“你既然来了，就没必要知道这是哪里了。你要实在想知道，等你回到人间，可到蜀地去问严平君。”

探险者不敢再问，便辞别了青年，找到自己的竹筏，原路返回了自己的海岛。

后来，探险者心里实在好奇，就去往成都的青羊宫，找到严平君，把在天界的经历讲给他听，还把支矶石拿出来给他看。

严平君听了探险者的经历，大笑着说：“去年中秋前后，我夜观天象，发现牵牛星旁有一颗客星，原来就是你啊！你真是太幸运了，你到达的是九重天，见到的正是牛郎和织女啊！”

——据中国民间神话故事改编

观音送画

Guan Yin Song Hua

一年秋天，杭州闹旱灾，田里颗粒无收，百姓的生活过得十分艰难。不久后，城里又爆发了瘟疫，人们吃不饱穿不暖，更没钱治病，于是便成群结伙地跑到观音庙里，跪地祈祷："大慈大悲的观音菩萨，请帮帮我们吧！"

观音听见人们的祷告，来到了人间。她看见有的百姓感染了瘟疫病倒在路上；有的百姓因为饥饿吃了不干净的东西，正捂着肚子哎哟哎哟地叫；有的百姓穿着又脏又破的衣服在街边乞讨……

观音叹了一口气。接着，她摇身一变，化成了一位美丽的女子，站在泊在河边的一艘船上。

"仙女下凡了！"好奇的人们你推我搡地来河边看热闹。

观音对大家说："我从很远的地方来，在这里无依无靠，你们如果有人愿意出钱买我，我愿意服侍他一家老小，买我的钱就用来救济大家。"观音的话音刚落，人群立刻起了一阵骚动。

"我出五十两！"

"我出八十两！"

"你们都别跟我抢，我出二百两！"

官宦少爷和富家公子争先恐后地报价，谁也不让谁。

"姑娘只有一个，这样争下去也不是办法，我看这样，就用投钱的方法，谁的钱掷中她，就将她带回去。"一名男子提议。大家都觉得这个办法不错。

观音微笑着同意了。于是，铜钱、银锭、黄金、美玉、珍珠都纷纷向观音投了过来，不一会儿就堆满了船头。可是，没有一样落在观音身上。

观音双手合十，弯腰向大家鞠了一个躬，微笑着说："谢谢大家！我会用这些钱帮助正在受苦的百姓。"

百姓听说有一位漂亮的女子要帮助大家，都从四面八方赶了过来。

一位骨瘦如柴的老爷爷在孙子的搀扶下，来到观音面前。观音拿出一串钱币交给他。老爷爷颤抖地伸出粗糙干瘪的手接过钱币，激动地说："有了这串钱，我们终于可以吃顿饱饭了。"

"姑娘行行好，我家老母亲病了很久，因为没钱看病，一直拖着，现在越来越严重了，再不治，就要不行了。"观音赶紧把钱拿给他，说："快去给母亲治病吧！"

女子帮助百姓的消息很快就传遍了杭州城，杭州的富人们都感到惭愧，纷纷拿出自己的财物，慷慨布施，帮助穷人。

于是，穷人得到了金钱，病人得到了医治，饥饿的人得到了食物，笑容又回到了人们的脸上。就在人们满心欢喜地庆祝时，湖面上忽然出现了一道璀璨的光芒，手捧杨柳净瓶的观音在光芒中慈悲地笑着。

"观音显灵了！"大家又惊讶又开心。

观音笑着说："你们已经度过了困境，我也可以放心地回去了。临走前，就把我的画像送给你们吧！"

观音的画像就这样挂进了百姓的家中。人们一看到观音的画像，就会心存善念，想要帮助别人，多做善事。

——据中国民间神话故事改编

海神妈祖

Hai Shen Ma Zu

在东南沿海一带，人们信奉妈祖为保护海上航行安全的女神。每到妈祖的生日，各地的妈祖庙都会举行盛大的祭奠活动。

一千多年前的农历三月二十三，林家人正紧张地坐在厅堂里，等待婴儿诞生。突然，一道红光从窗口射了进来，屋子被照得通红，紧接着，传来一阵奇异的香味。大家都觉得诧异。

这时，产婆笑嘻嘻地跑出来，贺道："恭喜啊！夫人生了一个漂亮的女娃儿呢！"林老爷急忙问道："怎么没听到哭声呢？"

原来这女娃并不像一般的娃娃，不但一声不哭，反而整天咧着小嘴，见人就笑。

直到满月，家人也没听到她的哭声。林老爷说："就叫她'默娘'吧！"

默娘善良、孝顺，而且十分聪明，懂得很多深奥的道理。她的父亲和哥哥常常要坐船到外地去做生意，海上风浪凶险，默娘在父亲和哥哥出海时总是静静地跪在佛像前，低头祈祷。

后来，只要海上出现大风浪，默娘就悄悄地提着灯笼来到海边的山坡上，高举着灯笼，为海上的船只指路。虽然灯笼只能闪烁出微弱的光，但航船上的人也能看到。他们在风浪中摇摆时，看到这盏灯火，就能安心地稳住船舵，顺利靠岸。

一次，有人忽然在默娘家门外大声地叫嚷："不好了！海上起风浪，有船沉下去了！”

默娘心头一惊，赶紧跪到佛像面前，祈祷神明保佑父兄平安。正低头默念佛经时，她却突然昏倒在地。母亲赶紧将她抱起，只觉她浑身冰冷，呼吸微弱。

母亲被吓坏了，大叫道：“默娘，醒醒啊，默娘！”

过了大半晌，默娘啊的一声喊叫了出来。她慢慢地张开双眼，身体逐渐恢复了温度。但她一句话也不说，只是难过地低头哭泣。

这时，默娘的哥哥浑身湿淋淋地回来了。他红着眼睛，气喘吁吁地说：“娘，爹被海浪卷走了！”默娘哥哥的话还没说完，母亲就忍不住大哭起来。

“大风暴，船翻了，我们掉进了海里。有个小女孩用两手抱住我，用嘴咬住爹的衣带，腾空飞了起来。可是在半空中，爹却又掉下了海。我心一急，就昏过去了。等我醒过来，发现自己躺在岸边，但爹……”

这时，默娘告诉母亲：“娘！救爹和哥哥的小女孩就是我！我本来是紧紧咬住爹的衣带的。但我听到您一直哭喊着我的名字，怕您太担心我，忍不住开口应了一声，爹就掉下海去了。”

母亲和哥哥惊讶极了。他们这才注意到，默娘的头发、手脚和衣服，竟然和刚从风雨中回来的哥哥一样湿淋淋的。原来，是默娘的孝顺感动了佛祖，佛祖给了她一份神力，使她的灵魂能够脱离身体，飞过大海，去拯救父兄的生命。

默娘长大以后没有出嫁，一直陪伴着母亲。到二十八岁时，她与家人告别，飞天成仙了。当时山顶丝竹声响，彩云缭绕，像是天庭在欢迎默娘。

后来，人们都把默娘奉为海上的守护神，尊称她为“妈祖”或“天后”。到了每年农历三月二十三，各地的妈祖庙都会举行盛大的活动来庆祝妈祖诞辰。

——据中国民间神话故事改编

天王变公主

Tian Wang Bian Gong Zhu

一天，天王华光来到凡间，看见一座奇异的山。当时已是冬天，山上却绿树繁茂，百花开放，蝶飞燕舞。华光感到奇怪，使劲跺了跺脚唤出土地来问：“土地，那座山是什么山？”土地回答：“那座山叫离娄山，山中有一个洞，名叫绿水芙蓉洞，洞内有两个大王镇守。”华光又问：“是哪两个大王？”土地惊慌地环顾四周，摆了摆手说：“不敢说不敢说，我一说他们就知道了。”华光说：“有我在，你还怕什么，只管大胆说出来。”土地这才小声说：“那两个大王一个叫千里眼，能看到一千里外的东西；一个叫顺风耳，能听到一千里外的声音。他们两个干尽了坏事，可是没人能打得过他们。”华光听完，生气地说：“不用怕，我去收拾他们。”

此时，顺风耳在洞中把华光与土地的对话听得清清楚楚，他着急地问千里眼：“哥哥，华光说要来收拾我们，他神通广大，我们该怎么办？”千里眼说：“我看到他正在往这里走呢。弟弟不要着急，我们虽然打不过他，但可以变成两座山，他再神通广大也认不出我们。等他走近了，我们趁他不备，把他捉住。”说完，他们就变成了两座高山，立在离娄山两旁。

华光来到离娄山下，查看了一番，什么也没看见。他心想：“千里眼和顺风耳肯定是知道我要来，先藏起来了，等我打开天眼看看他们去哪了。”华光打开天眼一看，发现他们变成了两座山，便哈哈大笑起来。然后，华光念起咒语，使出三昧真火，对着左边的山一指，又对着右边的山一指，两座山上燃起了熊熊大火。千里眼和顺风耳知道身份已经暴露了，只得现身迎战。华光打了一会儿就假装失败逃跑，弟兄俩得意地追上来。

华光把降魔捉鬼枪往地上一插，说："你们如果把我这支枪拔起来，我就放过你们。"千里眼听了，不屑一顾地说："刚才还没过几招，你就被我们打败了，要拔起这支枪又有什么难的。"说着，千里眼就上前拔枪，可任凭他怎么用力，那枪一动也不动。顺风耳不服气，也上前帮忙。这时，华光念起咒语，把弟兄两个的手牢牢地粘在了枪上，动也动不了。

千里眼和顺风耳知道上当了，连忙求饶："天王，您法力高强，我们只是山里的小妖，求求您放了我们吧。"华光说："要是你们肯归降于我，我就放了你们。"弟兄俩听了，拼命点头，说："我们愿意归降天王。"华光担心放了他们，他们还会为非作歹，便从怀里掏出两粒火丹，施法把火丹变成两粒丸子，哄骗他们吃下。

千里眼和顺风耳吃下丸子，华光才对他们说："你们刚才吃下的是火丹，要是你们不听我的，我就可以施法烧你们。"弟兄俩不相信，华光念了念咒语，那火丹便发作烧了起来，弟兄俩痛得直喊饶命。"你们真心归降了吗？"华光问。"只要天王灭了火，我二人就真心归降天王。"两人齐声回答。华光这才作法灭了火。千里眼和顺风耳询问华光有什么打算，华光说："我打算留在这里。"两人互相看了看，为难地说："这里属于千田国，我们曾经托梦给国王，让他在每年的三月三用童男童女祭祀，我们才保千田国风调雨顺、国泰民安。这怕是会坏了天王的名声，天王还是到别处吧。"

华光想了想，说："今晚你们就给千田国国王托梦，告诉他不需要再用童男童女祭祀，只要他修一座庙，供奉我们三个人的宝像，在春秋两季祭拜就可以了。"

第二天，千田国国王把梦中的情景讲给大臣们听，并问道："要为华光天王修庙宇，地址很重要，修在哪里好呢？"一位大臣说："城外有一座庙，

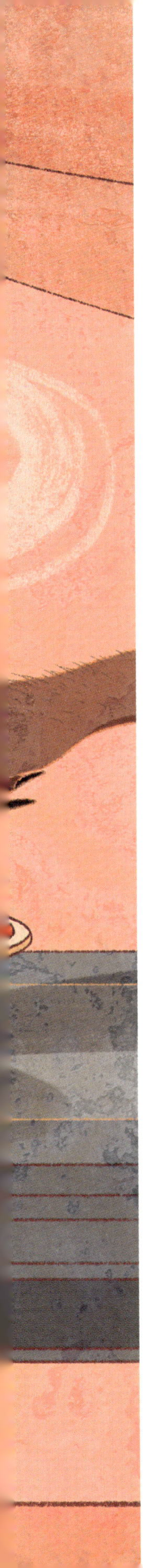

祭祀的是火漂将。现在那座庙已经十分破旧，可以把它拆了，再把华光天王的庙宇建在那里。”国王认为这个主意不错，便派人去拆旧庙，建新庙。很快，一座崭新的庙就建成了。国王给新庙取名为“天王祠”，并带领文武百官前去祭拜。华光受过祭拜，对千里眼、顺风耳说：“我准备四处游历，帮助老百姓排忧解难，你们好好在庙里看守香火，不准害人。”两人点头答应。

火漂将被拆了庙，心中痛恨华光，盘算着要如何报仇。一天，千田国的公主听说天王祠非常灵验，就带了侍从和宫女来庙里祭拜。

这时，蹲守在庙旁的火漂将看到公主，心里起了恶意：“我如果把公主掳走，既可以让她做我的新娘，又可以嫁祸给华光，岂不是一举两得？”然后，火漂将便掀起一股妖风，掳走了公主。

国王听说公主在天王祠被掳走了，立刻命侍从去拆了天王祠。大臣们赶紧拦住国王，说：“陛下，那天王本是天神，您又为他建了新庙，按时祭祀，他应该不会做出这种事情，肯定是小妖掳走了公主。陛下可以先写一封文书，限华光三日之内送回公主，要是他交不出，再拆庙也不迟。”国王听取了大臣的建议，让人立马把文书送到天王祠中。

千里眼和顺风耳收到文书正不知如何是好，忽见华光驾着一朵祥云归来，二人赶紧把事情的经过告诉华光。华光听了大怒，立马赶去火漂将的洞府。这时，火漂将正好不在，华光便把公主送回王宫，再折回洞府，变成公主的模样，把一粒火丹变成红枣，等候火漂将回来。

火漂将回到洞府，看到桌上的红枣，以为是公主为他准备的，一口吞了下去。

“哈哈哈！你上当了！”见火漂将吞下火丹，华光大笑着现出真身。火漂将见到华光，气得牙痒痒，大骂道：“好你个华光，抢了我的庙还冒充我的新娘，我饶不了你！”说着就朝华光打来。华光边躲闪边说：“你刚才吃下的红枣其实是火丹，你再为非作歹，我就作法烧你！”“你休想吓唬我！”见火漂将不相信，华光就念了几句咒语，火从火漂将的体内烧了起来。

火漂将疼得在地上打滚，求饶说：“天王，我错了，您饶了我，今后我任凭天王差遣。”华光这才熄了火，将火漂将收为部将。

国王感谢华光天王救公主的善举，每年都按时带大臣们到天王祠祭拜烧香。有了华光天王的护佑，千田国一直风调雨顺，再也没有妖怪来作恶了。

——据中国民间神话故事改编

望乡台的传说

Wang Xiang Tai De Chuan Shuo

近来，阎王一直心神不宁，名山上不断地传来阵阵哭声，吵得他心烦意乱，只好请驱鬼神将钟馗去看一看。

钟馗提着宝剑冲上名山，想惩治这些“烦人鬼”。他来到山顶，看见哭得伤心的鬼魂们，厉声问道：“你们哭什么？”鬼魂都不回话。

“别哭了，有事快说出来！”钟馗急得直跺脚。

谁知鬼魂们哭得更厉害了。钟馗无奈地走到一个书生模样的鬼身旁，问道：“你怎么了，为什么哭个不停？”

“我的妻子生病了，我进城去抓药，刚走到郊外，听见一声巨响，就一命呜呼了。”钟馗派鬼卒去阎王那儿查了查生死簿，原来书生路过一座大山，一块大石头从山顶滚下，砸中了他。

“生死不由人，死了也要坚强，才有机会转生为人啊！”钟馗安慰他。

“但是我的妻子怎么办啊！”书生哭得很悲痛。

忽然，砰，砰，砰，三声巨响传来，地动山摇，钟馗差点儿摔倒。

“谁干的好事，快出来！”钟馗拔剑大喊。他环顾四周，看到一位老婆婆正用头猛撞岩壁，放声大哭，于是赶紧跑了过去。

“老人家，您这是干吗？”

“我很想念我的女儿，可我再也见不到她了。”老婆婆热泪滚滚。

“老人家您别急，再怎么样也不能伤害自己啊！”话音刚落，两名鬼卒押着一个年轻女孩向他走来。

女孩面容憔悴，见了钟馗也不害怕，而是镇定地看着他。

“大人，她想逃走，被我们抓了回来。”鬼卒向钟馗报告。

“姑娘，你为什么要逃跑？”钟馗关切地问。

“我想回去看我的父母。”女孩抽泣着说，“我父母七十多岁，他们只有我这么一个孩子，可我二十岁没到，就被带到这里。让父母白发人送黑发人，我不孝啊！”女孩越说越难过。

钟馗不由得心酸。他想起当年辞别妹妹进京赶考，高中状元后，皇帝却因为他相貌丑陋，不予录用。钟馗空有报国之志，却报国无门，一怒之下，就撞死在了大殿上，丢下妹妹一个人在人间。后来，钟馗被封为冥界驱鬼将军，才来到这丰都城。

这么多年了，也不知道凡间的妹妹过得怎么样。想到这里，钟馗也忍不住流下了眼泪。

“放她走吧。”钟馗摆摆手。

一旁的鬼卒急忙阻止：“大人，她违反了阴律，理当严惩，怎么可以放了呢？”

“我会自己去阎王面前请罪的。”钟馗说完，就快步离开了。

钟馗脸色忧郁地回到阎罗殿。阎王十分不解，问道：“我派你去斩鬼，你为什么闷闷不乐呢？”

“我没把事情办好，您还是革除我的职位吧！”钟馗交出宝剑，跪在地

望乡台

上请罪。

“你办事一向认真，从没打过退堂鼓，今天为何说出这样的话？”阎王疑惑地问。

钟馗突然痛哭不止。阎王不知如何是好，便走下宝座，将钟馗扶起。

“你遇到了什么困难吗？”

“那些来到地府的鬼魂，因为思念人间的亲人而伤心痛哭。虽然我早已不属于人间，但怎么能做到无情呢？我不忍对他们下手，所以只好请您罢免我。”

阎王听了钟馗的话，沉默了很久。

当晚，阎王来到山崖边察访，发现情况确实与钟馗说的一样。阎王心里也不好受。

“不如我们想一个办法，让这些鬼魂能够见见人间的亲人，他们了却了心愿，就不会再哭泣了。”判官建议道。

“你说得对！赶紧把地府的文臣武将召集起来，好好筹备，就按你说的办。”阎王这才打起了精神。

经过一番讨论，大家最后决定修一座“望乡台”。

从那以后，每年的正月和二月，人间的人们都会去望乡台，烧香祈祷，给死去的亲人带去思念。想念亲人的鬼魂们，也能到“望乡台”，见一见自己的家人。

——据中国民间神话故事改编

金江圣母三姐妹

Jin Jiang Sheng Mu San Jie Mei

相传，金沙江的龙王有一座美丽的龙宫，龙宫里面住着三个活泼聪明的公主。一天，龙王要出去办事，嘱咐他的三个女儿：“我要出去几天，你们好好待在家，不要到处乱跑。”

可龙王前脚刚走，三个公主就开始计划着去哪儿玩儿。

“我们往南边走吧，听说那儿四季如春。”二公主最有想法。

“好啊！南方山清水秀，最适合出游了！”只要能出去玩儿，三公主就很开心。

“好主意，那就去南方吧！不过我们要尽早回来，父王可再三嘱咐我们不能乱跑的！”大公主嘱咐了一句。

她们一路上有说有笑，很快来到了一片碧蓝的大海边。海面倒映着青翠的山峦和洁白的云朵，美得令人陶醉。

她们经过莲花山，山脚下有个凤仪县。县里正在闹旱灾，一股热浪扑来，大地裂开了一道道又大又深的口子，田里的庄稼全都死掉了，粮食颗粒无收，百姓们饿得骨瘦如柴，跪在地上向老天求雨。

“我留下来帮助他们吧。你俩先回去报个平安，让父王放心。”大公主对两个妹妹说。

大公主化身为一名穿着麻布衣、拄着拐杖的老妇人，深入田野、村子查看旱情，还在莲花山下化出一眼清泉。泉水不断地涌出，向村里的沟渠

流去。

“有水啦！有水啦！大家快来看啊！”一位老农看到泉水，惊喜地跑回村里告诉大家。

人们感激大公主的恩泽，便给大公主立庙塑像，奉为金江圣母。

二公主和三公主在回龙宫的路上，经过了一个叫石子山的村子，这里也遇到了大旱，两个公主见百姓受苦，内心焦急。

“妹妹，你先回去和父王报个平安，我就留在这里帮助村民。”二公主交代妹妹。

二公主来到村子里，施法下了一场大雨，大雨把大地浇得透透的，山腰的小溪慢慢涌出了清泉。石子山也渐渐恢复了往日的生机。二公主见石子山风光秀丽，舍不得离开，便住了下来。从此，石子山风调雨顺，百姓们得知二公主的恩惠，奉她为金鸾圣母。

三公主来到了青龙山，发现这里也发生了罕见的旱灾。怎么办呢？

虽说赶回龙宫要紧，但是不能见死不救啊，三公主决定留下来，帮助村民战胜旱灾。她用父王教过的法术，引水施雨，雨水把小溪注满了，流向稻田，枯萎的庄稼又苏醒了。百姓们尊三公主为金灵圣母。

龙王回到龙宫后，没见到女儿们，便循路找来，见到了三公主。三公主和父王说了她们在路上助人的事。龙王见女儿们宅心仁厚，心里很欣慰，便没有责怪她们。

后来，为了感念三姐妹的恩德，从农历正月初五开始，村民们就舞龙舞狮庆祝，直到正月二十五才结束。

——据中国民间神话故事改编

吴刚伐桂

Wu Gang Fa Gui

锵！锵！锵！月亮上传来奇怪的声音，快三百下时，声音突然停了。过了一会儿，声音又响起来。这个奇怪的声音是什么呢？原来是吴刚拿着斧头，正砍一棵五百多丈高的桂树呢！

吴刚原是人间的一个青年。他的胳膊又粗又壮，力气也很大，只要稍微用力，就能把一棵小树轻松地拔起来，就像拔一棵小草一样。他也很聪明，常常会冒出很多奇怪的想法，但是他缺乏毅力，干什么事都坚持不了几天。

他觉得木匠很厉害，能做出各种好看的家具，便去学木匠。才学了两天，他就觉得乏味无趣，第三天说什么也不去了。

后来，他觉得学做衣服也不错，又跟着当地有名的裁缝学习。过了几天，他又嫌做衣服麻烦，放弃了。

他还想当一名农夫，好好种田。可是当大家耕田时，他在睡觉；当大家施肥浇水时，他在田埂上闲逛；当大家欢欢喜喜地收割稻子时，他的田里只有杂草。大家忍不住问他："吴刚，你到底想做什么呀？"

吴刚被问住了。"我到底想做什么呢？做什么才不会浪费我的聪明才智呢？"吴刚坐在树下发呆。看着小鸟自由自在地在空中飞，他忽然灵光一闪，激动地喊道："对呀，我为什么不去做神仙呢？做神仙可以飞来飞去，还可以住在天上，什么也不用做，多好啊！"

于是他穿上一双厚实的鞋子，背上包袱，兴冲冲地出门去了。他走啊走，整整走了一百天，鞋子走破了，脚也起泡了，终于来到了一座云雾缭绕的大山的山脚下。他爬上大山，在云雾中使劲找呀看呀，希望能遇到神仙。

忽然，一位背着竹篓、穿着白衣、满头白发的老爷爷出现在一棵树下。但一眨眼，他又出现在另一棵树下。

“是神仙！”吴刚急忙跑到老爷爷跟前，扑通一声跪了下来，祈求道，“老神仙，你收我为徒吧！我走了好远的路才找到你，我想做神仙！”

老爷爷看了一眼吴刚，想着自己一个人在深山里生活，连个说话的人都没有，收个徒弟正好可以聊天解闷，就对吴刚说：“你走那么远的路，确实不容易。我可以收你为徒，不过做神仙可要下很多功夫，你能做到吗？”

一听可以做神仙，吴刚连声说：“没问题，没问题！”

老爷爷见吴刚这么有诚意，就说：“做神仙，首先要会治病救人，明天你就跟我学习辨识草药吧。等把山中的草药都认全了，我再教你法术。”

于是，吴刚背上背篓跟着老爷爷在山里采药，每采一种草药，老爷爷都会详细地给吴刚讲解。

一天、两天、三天……一个月过去了，吴刚每天除了采药还是采药。他不乐意地抱怨起来：“师父，我都采了那么久的药了，怎么还不教我仙法？我想做一个逍遥快乐的神仙啊！”

老爷爷听了摇了摇头，说道：“想做神仙是吗？我带你飞到月亮上玩一下怎么样？”

“太好了！我早就想到天上看看了。”吴刚高兴得快要跳起来。

不一会儿，老爷爷就把吴刚带到了月亮上。吴刚左看右看，这里除了一棵高大的桂树、一只捣药的兔子，其他什么也没有。之前听说月亮里有嫦娥仙子，但他并没有见到。

“师父，这月亮里什么也没有啊！”吴刚失望极了。

“吴刚，你拿着这把斧头。”老爷爷把斧头交给吴刚，说，“看到这棵桂树了吗？只要你用斧头把它砍断，就能成为神仙。”

“我有的是力气，砍树太简单了。”说着，吴刚举起锋利的斧头，使劲儿砍下去，桂树被砍出一道浅浅的痕迹。可过了一会儿，吴刚发现，刚才那道痕迹居然消失了。

吴刚感到非常奇怪，忙问老爷爷：“师父，这是怎么回事？”

老爷爷笑呵呵地回答：“这棵树要连砍三百下才能砍断，要是中途停了，它就会自动愈合。你要想成仙，就耐着性子好好砍树吧！”说完，他就自己飞回了山里。

“不就三百下吗，有什么难的。桂树，等我砍断你，我就成神仙了。”吴刚对着桂树自言自语。

“锵！锵！锵！”吴刚使劲地砍啊砍，可每次砍到两百多下时，他就坚持不住了，扔下斧头呼呼大睡。等他醒来时，桂树早已愈合，他只能重新再砍。

就这样，一天又一天，一年又一年，吴刚始终没把桂树砍断。据说，直到今天，吴刚还在月亮上砍桂树呢！

——据唐·段成式《酉阳杂俎》改编

牛郎织女

Niu Lang Zhi Nü

传说，天上有座美丽的宫殿，里面住着王母娘娘的外孙女织女。她美丽善良，心灵手巧，能织出最漂亮的云锦。云锦像层层叠叠的云彩，还会随着季节变化成不同的颜色。

织女和另一个神仙牵牛情投意合，彼此相爱。可是天庭不准神仙有爱情。于是，王母娘娘把牵牛贬到了凡间，让织女日夜不休地织布。

织女思念牵牛，每天都愁眉不展。为了消解烦闷，她不停地织着云锦。实在苦闷烦躁时，就从云层稀薄的地方遥望人间，跟窗边的灵雀谈心。她说："人人都说天上好，可天上有什么好呢？没有自由，没有快乐。要是我能去人间和牵牛生活，该多么好啊！"

投生到人间的牵牛名叫牛郎。他的父母很早就去世了，牛郎跟着哥哥嫂子一起过日子。哥哥嫂子自私又刻薄，让他吃剩饭，穿破衣，晚上在牛棚里睡觉。后来，哥哥嫂嫂索性跟牛郎分了家，分家时，只给了牛郎一头病恹恹的老牛，把他赶出了家门。

牛郎和老牛离开家，来到山脚下，一人一牛相依为命。每天，牛郎都会找来鲜嫩的青草，打来干净的溪水，耐心照顾老牛。老牛也努力地帮牛郎开荒耕地。不多久，他们就在荒草中开辟出一片田地，搭了间遮风挡雨的茅屋，有了一个小小的家。

牛郎一直孤零零的，只能和老牛说话，诉说自己的寂寞："要是有个人和我做伴，那该有多好啊！”老牛不会说话，只动动耳朵闭闭眼，似乎十分理解他的心情。

有一天，老牛却突然开口说话了：“牛郎，谢谢你一直照顾我。明天会有很多仙女来碧莲池游玩，红衣服的主人与你有缘，你把红色的仙衣藏起来，她就会成为你的妻子。”

牛郎听了老牛的话，又奇怪又高兴，连忙问：“你竟然会说话！你说的是真的吗？”老牛点了点头，转头又吃草去了。

牛郎在碧莲池边的芦苇丛里悄悄地躲了起来。不一会儿，果然有一群仙女飞到池塘边，她们脱下飞行用的仙衣，在水里嬉戏打闹。

这些仙女正是织女和她的姐妹们。那天王母娘娘喝多了仙酒，靠在宝座上打瞌睡，看起来很久才会醒。仙女们同情织女，就拉着她偷偷地溜出来，来到人间玩耍。

仙女们嬉戏玩闹了好一会儿，回到池边穿上各自的仙衣，像一只只美丽的凤凰般飞走了，只剩下找不到红色仙衣的织女。她见天门即将关闭，急得直哭。牛郎连忙拿着红色仙衣出来，抱歉地说：“姑娘，衣裳在这里，请穿上吧。”

织女好奇地问牛郎是谁，牛郎便简单地给织女讲了自己的不幸身世。织女这才发现，原来眼前的这个人正是自己日思夜想的牵牛！

就这样，织女留在了人间，做了牛郎的妻子。原本冷清的茅屋因为织女的到来而充满了欢声笑语。牛郎每天出去干活，织女则在家里织布，日子过得幸福美满。过了三年，他们生了一个男孩和一个女孩，都非常可爱。

等孩子稍大一些，织女便指着天上的星星，给孩子讲天宫的故事。天上虽然富丽堂皇，可是等级森严，不允许神仙相爱。织女喜欢人间的生活，喜欢跟牛郎一块儿生活劳作，跟儿女嬉戏玩耍。和家人在一起，织女感到从未有过的幸福和快乐。

王母娘娘知道了这件事，勃然大怒！“这还了得！”王母娘娘下令要把织女抓回来。

这一天，织女正在家里织布。忽然天空黑了下来，狂风大作。一只喜鹊慌慌张张地飞来，停在窗口叽叽喳喳地说：“不得了啦！王母娘娘派人来抓你啦！”话还没说完，只听轰隆轰隆，拿着刀斧的天兵天将现了身，不容分说地押着织女飞上了天。

“求求你们，放了我吧，我还有一对儿女要照顾呢！牛郎……牛郎……”织女苦苦地哀求着，挣扎着，可都没能打动天兵天将，她还是被押解回了天庭。

“不要抓我娘！娘，你不要走！”一对小儿女哭喊着跑到田里，找到牛郎，指着天上说：“娘被天上的神仙带走了！”

牛郎是凡人，不可能飞起来追回织女，一时间急得不知道怎么办才好。这时，老牛又说话了：“其实，你是天上的神仙，我是同你一起下凡的金牛星。你披上我的皮，就可以飞上天庭了。”说完，老牛就倒在地上死掉了。牛郎含着眼泪埋葬了老牛，披着牛皮，担着箩筐挑着两个孩子去天庭寻找织女。

牛郎远远望到被天兵天将押解的织女，大声喊：“织女，等等我！”孩子们也都张开双臂，大声叫唤着：“娘，娘……”

听到呼喊，织女奋力挣开天兵天将，朝牛郎和孩子们奔去。眼看他们就要团聚了，王母娘娘忽然拔下头上的金簪，在牛郎和织女中间一划。刹那间，他们之间便出现了一条波涛滚滚的天河。

牛郎和织女隔河相望，虽近在咫尺，却无法越过这条天河。

织女大声哭喊着，孩子号啕大哭。牛郎默默地流着泪，用箩筐去舀那天河的水，箩筐滴滴答答地漏水，他却一刻不停，只一筐一筐地舀着水。

看着眼前的情景，天上的神仙们都不忍心了，纷纷劝说王母娘娘。

终于，坚定的爱情感动了王母娘娘。她答应牛郎织女每年农历七月初七可以相会一次。

当这一天到来时，无数好心的喜鹊结队飞来，在天河上为牛郎和织女搭建一座相会的鹊桥。牛郎和织女在桥上团聚，抱着儿女，说着说不完的话儿，倾诉着无尽的情意！

据说，如果在农历七月初七这天躲在葡萄架下，就能偷听到织女和牛郎的悄悄话呢。

——据中国民间神话故事改编

煮海治龙王

Zhu Hai Zhi Long Wang

相传，在舟山西南面有一座小岛，岛上到处都埋着黄灿灿的金子，人们将这个岛称为“金藏岛”。

后来，这座岛被贪得无厌的东海龙王知道了。他为了独吞岛上的黄金，调遣龙子龙孙、虾兵蟹将，让他们涨潮的涨潮，鼓浪的鼓浪，海水不断地涌向金藏岛。霎时间，恶浪滔天，狂风大作，金藏岛上树倒屋塌，一片凄惨景象。

在金藏岛的东边，有一座纺花山，山上住着一位美丽善良的纺花仙女。她见东海龙王为了得到岛上的金子不惜残害百姓，心中十分愤怒，于是拿起神帚，朝海面轻轻一拂，漫上岛的滚滚潮水、滔滔巨浪，就像被驯服的野兽一样，乖乖退了回去。

人们害怕龙王再次作乱，纷纷逃往纺花山避难。

纺花仙女化成一位拄着拐杖、白发苍苍的老婆婆，对大家说：“龙王贪心，想要岛上的黄金，发动大水淹了金藏岛，害大家失去了家园，罪不可恕。大家若想保住金藏岛，可以和我一起纺花，织成渔网，下海打败龙王！”

“只要能把可恶的龙王打败，保住我们的家，做什么我们都愿意！”听了老婆婆的话，大家都下定了决心。

于是，男女老少都一起纺花织网。纺呀织呀，织呀纺呀，整整忙了七七四十九天，织出了一张九九八十一斤重的金线渔网。

“你们还要拿到龙宫里的煮海锅。这口煮海锅平时由东海龙王的护宝将军狗鳗精保管，只要抓住狗鳗精，就能拿到煮海锅，这样金藏岛就有救了。”老婆婆对大家说。

“可是，怎么才能抓到狗鳗精呢？”大伙儿担忧地问。

“需要一个既有勇气又有智慧的人下到海里，用金线渔网把他抓住。”

虽然大家都想保卫家园，但一想到大海那么深，里面还住着凶恶的龙王，又打起了退堂鼓。

“让我去吧！”这时，一个小孩从人群中跳了出来，拍着胸脯，坚定地说。

乡亲们一看跳出来的是海生，都摇了摇头。海生不过是个七八岁的小孩子，长得瘦瘦小小的，怎么能下海斗龙王呢？

老婆婆看了看海生，欣慰地说：“下海斗龙王，贵在有胆量，就让海生去吧！”接着，她拿出一套金线衣给海生穿上，又向海生传授了几句口诀。

海生一穿上金线衣，酥痒的感觉瞬间传遍了全身。他遵照老婆婆的嘱咐，大喊一声：“大！”忽然，海生身上鼓起了一块块肌肉，过了一会儿，他就变成了一个力大无穷、顶天立地的巨人。大家看着眼前的海生，一个个惊讶得张开了嘴，瞪大了眼睛。

海生毫不费力地拎起金线渔网，对大家说：“你们放心吧，我一定会打败龙王的！”说完，

他辞别了老婆婆，迈开大步，奔下纺花山，扑通一声，跳进了大海。

海生已经做好了沉入大海的准备，但老婆婆给他穿的金线衣竟然是一件避水的宝衣！他每游到一个地方，海水就纷纷给他让路。他取出金线渔网，向着一望无际的大海抛去，并大喊一声："大！"那网便越变越大，盖住了大海。

过了一会儿，平静的海面躁动起来，海生赶紧喊了一声："收！"金线渔网牢牢网住了猎物。海生一看，被擒住的正是东海龙王的护宝将军狗鳗精。

海生开心极了，对着狗鳗精大声呵斥："龙王为了得到金藏岛，不顾我们的死活，肆意发动潮水，淹没了我们的家。如今你要想保命，就赶紧把煮海锅交出来！"

狗鳗精心想：要是交出煮海锅，龙王绝对饶不了我，只要不搭理这个人，他也不能把我怎么样。于是，狗鳗精不理睬也不回答。

没想到，这金线渔网越缩越小，才过了一会儿的工夫，金线渔网就从一张巨大无比的网变成了一张不到三尺的小网。金线渔网中的狗鳗精被勒得越来越紧，为了活命，他只得乖乖地带着海生到东海龙宫的百宝殿去拿煮海锅。

百宝殿内金光闪闪，堆满了奇珍异宝。海生却什么都看不上，只拿了一个黑乎乎的煮海锅，急匆匆回了纺花山。

"老婆婆，煮海锅拿到了，接下来该怎么办？"海生着急地问。老婆婆在海生耳边说了几句话，海生点了点头，带着煮海锅与大家一起来到了海边。

海生按照老婆婆的指点，在海边支起了煮海锅，舀来一勺东海水倒入锅中，再点燃一堆干柴火，柴噼啪作响，火越烧越旺。煮呀！煮呀！一炷香过去了，煮得海水冒热气；两炷香过去了，煮得海水起白泡；三炷香过去了，煮得东海龙王老老实实浮出水面，后面还跟着一帮喘着粗气的龙子龙孙和虾兵蟹将，直喊饶命！

"贪财的龙王，我命你赶紧退潮息浪，否则，我就把你们通通煮烂！"

东海龙王害怕极了，急忙下令潮退三尺，浪息三丈。金藏岛终于又露出了水面。

谁知，东海龙王并不讲信用。海生刚端开锅熄了火，他又涨起了潮掀起了浪，还趁海生不注意卷走了煮海锅。

“这可怎么办？”海生急得直跺脚。海生这一脚非同小可，直跺得地动山摇！所有埋在地下的金子，都被海生跺了出来，纷纷飞向海岸，落在滩头，成了一座金光闪闪的大海塘，任凭潮涌浪翻，这金塘也坚固如山，一动不动。

从此以后，东海龙王再也不敢出来兴风作浪了，大家又过上了太平的生活，而金藏岛也被人们改成了“金塘岛”。

——据中国民间神话故事改编

二郎担山赶太阳

Er Lang Dan Shan Gan Tai Yang

天庭有位神仙，他长着三只眼睛，其中一只长在额头中间。他额头上的这只眼睛，能够识别妖魔鬼怪，还能射出神光让它们原形毕露。不仅如此，他还力大无穷，轻轻松松就能举起一座高山。这位神仙叫作杨戬，因为他排行老二，大家都叫他二郎神。

这些天，二郎神一直在追赶太阳，他想捉拿住太阳，让太阳消失！太阳给大地带来光明，让草木茁壮成长，为什么要让它消失呢？

原来是天空中冒出了十三个太阳。这十三个太阳在天上窜来窜去，把大地烤得炎热难当。河流干了，花草树木枯萎了，小动物们奄奄一息，人们挥汗如雨，痛苦极了。

二郎神看到人们在受苦，心里很焦急。他想帮助人们摆脱太阳的炙烤，可是要怎样才能让太阳从天上消失呢？他想啊想，想了好几天，也没想出好办法。这天，他走累了，来到山脚下，坐在一块石头上休息。他望着高高的山峰，忽然灵光一现。

“山又高又重，我要把太阳压在山底下！”

二郎神立马起身，找来一根长长的扁担，往左边的大山用力一戳，再朝右边的大山用力一捅，把扁担往肩上一放，大喊一声：“起！”两座山峰立刻拔地而起。

二郎神挑着两座大山，就像挑着两捆干柴一样轻松。他飞快地赶路，很快就追上了在天上胡闹的太阳。他卸下扁担，托起左边的大山，瞄准太阳用力一扔，一个太阳被牢牢地压在了山底。他又举起右边的大山，大力朝太阳砸去，第二个太阳也被大山压住了。

二郎神不敢懈怠，又扛起扁担跑去挑大山。在他的不懈努力下，终于把十二个太阳压在了山下，大地终于变得清凉了。

二郎神累坏了，坐在地上大口喘气。他打算休息一会儿再继续追赶最后一个太阳。但当他挑起最后一座山峰时，刚一起身，扁担咔嚓一声断了。

“现在天上只剩下一个太阳，大地也已经很凉爽了，万物的生长需要太阳，人们也需要光明，您就留着最后一个太阳吧。”土地从地里冒了出来，拱着手对二郎神说。

二郎神觉得土地说得有道理，就不再继续追赶太阳。从此，剩下的这个太阳害怕被二郎神追上压在山下，便有规律地升落，世界又恢复了往日的生机与活力。

——据中国民间神话故事改编

铁拐李成仙记

Tie Guai Li Cheng Xian Ji

铁拐李本名叫李玄，是个眉清目秀，整日埋头苦读，一心想考取功名的书生。他多次参加科举，却总是名落孙山。后来，他看破红尘，不再留恋功名，开始四处求仙问道。

李玄先是在深山里盖了一间茅舍，然后又找到了一处岩洞。这岩洞位于半山腰，四周长满了茂密的树木，洞口被遮得严严实实。岩洞内十分平坦，还有一块可以睡下一人的大石头。李玄心想：这是个修炼的好地方。于是就在岩洞里住了下来。

每天太阳还没升起，他就起来打坐沉思，直到半夜才休息。要是饿了，他就到洞外寻找一些野果充饥；渴了，就用手捧着山泉水喝。可是，好几年过去了，李玄感到自己的道行也没什么长进，这让他十分困惑。

这天，李玄在打坐时迷迷糊糊地睡着了。睡梦中，一位白衣飘飘的仙人向他走来，并对着他哈哈大笑。李玄不解地问："难道我做了什么蠢事吗？"

仙人捋了捋雪白的胡子，说："修道成仙不是只靠努力就可以的，还需要高人指点。你虽然很勤奋，但方法不对，就算再修几十年也没用。"

李玄急切地问："还望仙人能够指点一二。"

仙人说："你的同族中，就有一个得道高人，你为什么不去拜他为师呢？"说完仙人就消失了。

李玄醒过来后思考了很久，想起华山上的太上老君李耳就是他的同族。

于是，他兴奋地连夜下山，直奔华山而去。他走得非常快，没多久就到达了华山脚下。他抬头望着笔直、陡峭的华山，心中开始发愁："这山又高又陡，跟那写字的笔似的，手没处扒，脚没地儿踩，怎样才能爬上去呢？"

李玄绕着山脚寻找，找了很久才找到一条勉强可以攀爬的道路。他使尽浑身力气，爬了很久，终于到达了山顶。山顶云雾缭绕，既没有房屋，也没有人。李玄失望地瘫坐在地上，叹气说："哎！这里只有云雾，什么也没有，我要到哪里去找太上老君啊？"

"李玄，你跋山涉水而来，怎么会让你空手而归呢？"李玄听见有人叫他的名字，不觉吃了一惊，抬头一看，只见两个道童从云雾中向他走来。

"两位仙人怎么知道我的名字？"李玄急忙站起来向两位道童作揖问道。

"太上老君知道你千里迢迢来找他，特意派我们来接你。"李玄听了又惊又喜，紧跟着两位仙童来到太上老君隐居的草堂。草堂十分简陋，只有一张床、一张桌子和一把椅子。白眉毛、白头发、白胡须的太上老君正盘坐在床上闭目养神。

李玄上前叩拜，说明来意。太上老君看李玄态度诚恳，就教导了他几句。李玄把太上老君的教诲牢牢地记在了心里。李玄再三拜谢太上老君后，回到了原来的岩洞，又继续潜心修炼。经过太上老君的指点，李玄渐渐有了收获，过了几十年，达到了形神分离的境地。

一天，李玄在山中采食野果，听到空中传来一阵美妙的音乐，他抬头一看，只见空中霞光万丈，太上老君正乘着仙鹤从远处飞来。李玄赶忙上前跪拜迎接。太上老君停在半空中对李玄说："我听说你每天勤奋修炼，道术大有长进，所以今天特地来看看。十天后我要到各地访问仙友，你可以与我同去。到时候你留下肉身，神魂去找我就可以了。"说完，太上老君又驾着仙鹤离开了。

到了赴约的日子，李玄叮嘱一个叫杨子的徒弟说："今天，我的神魂将去赴太上老君之约，你要好好看护我留下的肉身。如果过了七天我的神魂还没有回来，你就将我的肉身焚化。”说完，李玄席地而坐，他的神魂离开了肉体，飘然离去。

杨子遵从师父的教诲，悉心看护着他的肉身，一步也不敢离开。在李玄离开的第六天，杨子的叔叔忽然来了，说他的母亲病重，要他赶快回去。杨子哭着说：“师父的神魂离开肉身出游去了，我必须在这里小心看护，不能离开。”杨子的叔叔不相信杨子的话，对他说：“有谁死了六天还能活过来的，你还是快将你师父的肉身焚化，和我一起走吧。”说完，他就叫杨子一起搬来柴草，把李玄的肉身焚化了。

到了第七天，李玄与太上老君神游回来。向太上老君告辞时，太上老君对他说：“辟谷不辟麦，车轻路亦熟。欲得旧形骸，正逢新面目。”李玄问太上老君是什么意思，太上老君却笑而不答。

李玄回到洞中，却发现自己的肉身已不知去向。他着急地四处寻找，找了很久，最后在一个山坡上看到一堆焚烧后的骨灰，他才明白自己的肉身已经被焚化了。正当他为自己的神魂无处安身担忧时，忽然发现前面不远处有一具乞丐的尸体，他赶忙将自己的神魂附在了乞丐的躯体上。他站起来一走，才发现原来这乞丐还是个跛子。

李玄一瘸一拐地走到水边清洗，看到水中的自己衣衫褴褛，蓬头垢面，黑脸卷须，真的是十分难看，不由得叹起气来。

“哈哈哈……”这时空中传来一阵笑声，李玄回头一看，原来是太上老君。太上老君对他说：“真正的道并不在乎相貌，只要你功德圆满，就能得道成仙。”说完太上老君送给他一只金箍、一根铁拐。

从此，李玄就变成了又黑又丑的乞丐。因为他每天都拄着一根铁拐，人们都把他叫作“铁拐李”。

——据中国民间神话故事改编

八仙过海

Ba Xian Guo Hai

一天，张果老、徐神翁、铁拐李、汉钟离、曹国舅、韩湘子、蓝采和、吕洞宾八位神仙聚在一起，商量着要去哪里游玩。

“昆仑山不错，那儿有很多稀奇的花木，我一直很想去看看。”吕洞宾提议。“昆仑山又远又凶险，还是下次吧！”曹国舅摆摆手说。“现在正是牡丹盛开的季节，蓬莱仙岛的牡丹花开得格外好。白云仙长还邀请我们去观赏呢。我们可以去蓬莱，一边喝酒一边赏花。”喜欢花草的蓝采和提议。

七仙抚掌大笑，决定一起前往蓬莱仙岛。他们腾云驾雾，转眼就来到岛上。白云仙长设宴招待八仙，热闹了一番，八仙在宴会上开怀畅饮，都喝醉了。

宴会结束后，八仙要回到自己的洞府。他们来到海边，汉钟离乘着酒兴说：“我们来蓬莱时是驾云而来，回去时怎么回去呢？”蓝采和看见东海上的海浪翻得一个比一个猛，说道：“看这海浪翻得多汹涌啊，我们拿出各自的看家本领踏浪过海怎么样？”大伙儿一听，都来了兴致，迫不及待地想要大显神通。于是，八仙纷纷把手中的宝物投入大海，准备踩着宝物渡海。

徐神翁将手中的铁笛抛进海中，然后稳稳地踩在铁笛上。

“看看我的本领！”铁拐李把铁拐往大海里一扔，扑通一声，铁拐落到海里变成了一艘木船。铁拐李乘上木船，破浪而去。

“等等我！”吕洞宾也不甘落后，从背后拔出宝剑，潇洒地乘剑向前。

汉钟离和曹国舅见他们走了，很是着急。他们一个乘着芭蕉扇，一个踏着笊篱，追赶而去。

“不急不急，看看我的宝葫芦。”张果老从怀里摸出了药葫芦，扔进海中。葫芦浮在海面上，张果老笑呵呵地乘着葫芦飘然而去。

蓝采和踩着玉板，悠然地漂在海面上。

现在只剩下韩湘子了，他随手一抛，将花篮扔进海里。只见花篮在海中晃荡了两下，开始逐渐变大，大到能容下他的时候，他便坐进花篮里，闻着花篮中的花香，在百花的簇拥下自由自在地向前方漂去。

八仙在海上你追我赶，放声大笑，东海被搅得巨浪滚滚。龙宫里的虾兵蟹将们一个个头晕目眩，就连龙王和龙子也是坐立不安。

过了一会儿，七位神仙发现蓝采和不见了。原来，蓝采和乘坐的玉板在海中会发出神光，东海龙王的儿子觉得这件宝物很神奇，便把蓝采和抓走了。

七仙找了好一会儿也没找到蓝采和。汉钟离拿出一颗金丹，扔进海中，发现蓝采和被抓进了东海龙宫。

“龙王，你赶紧放人，不然我就把东海煮干！”吕洞宾朝着海底龙宫怒吼，并用宝剑使劲向海里砍去。

龙王为了避免干戈，放了蓝采和，但没有归还玉板。吕洞宾仍高声喊着，让龙王归还玉板。龙王觉得吕洞宾不知天高地厚，嘲讽地说：“我东海的水无穷无尽，任凭你多大的火也煮不干。”

吕洞宾听了怒火冲天，拿起宝剑向龙子挥去，杀死了一位龙子。

龙王大怒，把虾兵蟹将全部召唤上来，气势汹汹地向吕洞宾他们攻来。

八仙和龙王的水兵在海上打得昏天黑地，搅得天下都不得安宁。

这时，太白金星出现了，对他们说：“你们再打下去也难分胜负，受害的是天下生灵。依我看，八仙将蓝采和的八块玉板中的两块作为补偿，龙王归还其余六块，如何？”

双方思索了一会儿，同意了调解，海面恢复了平静，八仙也踏上了归程。

——据元杂剧《争玉板八仙过沧海》改编

李冰斗江神

Li Bing Dou Jiang Shen

秦朝时，蜀地经常发大水，多次治理都没有效果，当地郡守只能任由洪水泛滥。后来，李冰前往蜀地担任郡守，并决心治理蜀地的水患。

李冰上任后，并没有马上治理洪水，而是四处考察。他发现蜀地的江水变幻无常，有时像发怒的怪兽，滚滚而来；有时又风平浪静，什么事也没有。李冰觉得很奇怪，就找当地的老人询问：“老人家，这儿的江水怎么跟人的脾气一样，变来变去的呢？”

老人长长地叹了一口气，说：“大人有所不知，在那岷江里有一位江神，他高兴时就什么事也没有，不高兴时就会兴风作浪，淹了我们的庄稼和屋子。”

“这江神实在可恶！”李冰气愤地说。

“他的恶可不止这些。他还要求我们每年六月二十三都选出一个漂亮的童女献给他，说是做媳妇。那哪是做媳妇啊？有去无回！去年，我那可怜的孙女……”老人说着说着，忍不住哭了起来。

“老人家，请节哀。我现在当了郡守，一定给大家讨个公道！”

辞别了老人，李冰回到官府思考对付江神的办法。这时，他听到屋外闹哄哄的，出去一看，只见人们正带着老人孩子，背着行李急匆匆地往外走。

李冰拦住一个人，问道：“大家如此匆忙，是要到哪里去？”

这名男子回答说：“马上要到六月二十三了，我就这么一个闺女，要是被江神抢了去，我还怎么活？！还是快逃了吧！”

李冰赶紧阻止，说：“大家不要慌，今年你们谁也不会失去女儿！”

“大人，您可有什么办法？”大家急切地问。

“今年的新娘我已经选定了，就是我的女儿，所以大家可以放心了。”

大家听了非常感动，也为李冰感到担心。

到了六月二十三这天，李冰把女儿打扮得漂漂亮亮的，跟着大家一同来到江边。主祭人走上祭坛，口中念念有词，过了一会儿，江面上开始翻起汹涌的波涛。

“李大人，江神就要来迎接新娘了，你要小心啊！”人们紧张地对李冰说。

只见李冰不急不慢地倒了两杯酒，把其中一杯放到祭坛上，另一杯举在手里，对着江面喊道：“我今天能与江神成为亲家，真是万分荣幸！请江神现身，让我们一睹风采可好？”

过了很久，祭坛上酒杯里的酒只微微荡了几下，不见江神的身影。李冰一口气喝光杯中的酒，把杯子用力摔在地上，怒气冲冲地吼道：“你这个可恶的江神，残害百姓，害得大家失去亲人，今天我就是拼掉性命，也要除掉你这个祸害！”说完，李冰拔出宝剑跳入了江中。

过了好一会儿，狂风呼啸，水柱冲天，人们看到两头一模一样的青牛在江对岸激烈地争斗。又过了一会儿，青牛消失了，却见李冰气喘吁吁地从水中上来，对官兵们说：“那江神太难缠了，我一个人很难把他打倒，需要你们的帮助。”

“我们十分愿意助李大人一臂之力，可是我们分不清哪一个是江神，哪一个是李大人。”李冰听了，拿出一条白色的丝带缠在腰间，对官兵们说：“有了这条丝带，你们就能分清楚了。”

说完，李冰又跳到水里。没一会儿，江对岸又出现了两头青牛，其中一头的腰间有一道白毛。官兵们举起宝剑冲到江对岸，杀死了没有白毛的青牛。

江神死后，蜀地再也没闹过大水灾。

——据东汉·应劭《风俗通义》改编

钱镠射潮

Qian Liu She Chao

每年农历八月十八这一天，人们会争相前往钱塘江，去观看气势磅礴的钱塘潮。可在很久以前，钱塘潮却给人们带来了很大的灾难。

那时候，钱塘江的潮水非常凶猛，潮头很高，潮水的力量也大，两岸的堤坝总是这边才修好，那边又被冲塌了。为了阻挡潮水，人们费尽了心力，却依然没什么效果。

到了五代十国，吴越王钱镠统治了江浙一带。治理杭州时，钱镠各项事务都做得非常好，却唯独钱塘江的海堤，怎么也修不好。钱镠是个急脾气，就把随从叫来狠狠地训斥：“海堤修了这么久也没修好，你们整天都在干什么？”

随从知道钱镠的脾气，都不敢抬头看他，跪在地上低着头说："大人，是钱塘江的潮水实在太凶猛了！钱塘江里住着一个潮神，这潮神总跟我们作对，每次我们辛辛苦苦地把海堤建起来一点，他就施法涨潮。我们也是无计可施。"

钱镠气得直跺脚。他瞪大了眼睛，怒气冲冲地说："你们怎么能任由潮神作恶？"

随从赶忙解释说："这潮神十分狡猾，平时都跟龙王一起住在龙宫里，我们根本找不到他。等他出现的时候，又藏在滔天的浪潮中，我们只能看到气势汹汹的潮水，根本看不到他的身影。就算看见了他，我们也接近不了他。"

钱镠更加生气了，大声吼道："一个小小的潮神竟敢如此放肆！我来处置他！"

钱镠思索了一会儿，说道："八月十八这天是潮神的生日，他肯定会现身。你们在钱塘江边搭建一座高台，再召集一万名弓箭手，让他们埋伏在钱塘江周围。我倒要看看这个潮神有多大的本事！"随从按照钱镠的吩咐一一照办。

很快就到了八月十八，钱镠早早就来到了江边，站在高台上观看海面的动静，等待潮神的出现。可他等了半天，不仅潮神没出现，就连弓箭手也没有到齐，拖拖拉拉地一会儿来一个，一会儿又来两三个。

钱镠把随从叫来质问："弓箭手怎么还没到齐？懒懒散散的，如何与潮神对抗？"

随从刚要解释，钱镠手下一名将军奔来禀告："大王息怒！不是弓箭手偷懒怕死，而是他们要到江边，必须经过一座高山，那山路十分狭窄，一次只能勉强通过一个人，所以才耽误了时间。"

"有这种事？快带我去看看！"

钱镠骑上马，径直向那座山奔去。到了山前一看，果然如将军所说，山路狭窄，一次只能通过一个人。他爬上山顶，看到在山的南边有一条裂缝。

于是，他把脚蹬在山的裂缝处，用力一蹬——轰隆隆，这山竟然被钱镠一脚蹬开了，中间出现了一条宽宽的道路。

山脚下的将士们都欢呼起来。没多久，全部弓箭手就通过这条大路，到江边聚齐了。

等钱镠回到江边的时候，一万名精兵已经摆好了阵势，个个雄赳赳、气昂昂地拿着弓箭，望着江水，就等潮神现身。钱塘江边的百姓听说钱镠要射杀潮神，纷纷前来呐喊助威。

眼看时辰快到了，钱镠站在高台上对着江面大喊："潮神，你听好了，我们已经聚集了一万精兵，你要是知错就改，从此不再为非作歹、祸害百姓，我就饶你一命。否则，就不要怪我不客气！"钱镠的声音响亮，让人振奋不已。

江水开始涌动。在江海相接的地方，出现了一道白线，快速地向岸边逼近。白线越变越粗，越来越猛，在近岸处掀起了几米高的巨浪，声音如同山崩地裂，好像大地都被震得颤动起来。

"放箭！"钱镠一声令下。

唰唰唰，一瞬间，密密麻麻的箭像雨点般向潮头射去。潮神抵挡不住万箭齐发的威力，不能再向岸边移动半步，气势也减弱下来。

"不要停，继续放箭！"命令刚下，又是万箭齐发。潮神这才知道钱镠的厉害，只好向西南逃去，最后消失得无影无踪。

后来，人们在钱镠所站的高台处建了一座六和塔。钱塘江的潮水一到六和塔边就像泄气的皮球一样，气势大减。从六和塔朝东望，江水弯弯曲曲地向前流去，就像个"之"字，所以，人们又把钱塘江称为"之江"。

——据北宋·孙光宪《北梦琐言》改编

李靖代龙行雨

Li Jing Dai Long Xing Yu

李靖是隋唐时的大将军，身材魁梧，相貌庄严。他年轻时去山里打猎，晚上就住在山脚的小山村里。这里有好几个月没有下雨，河水干了，田地裂了，井水也一天天变少，村民们十分忧虑。

一天，李靖在打猎时遇上一群鹿，就急忙追上去。鹿群越跑越快，李靖越追越远，却怎么也追不上，一直追到天快黑了，他在昏暗的天色里迷了路。

李靖望见远处有灯火，就急忙驾马飞奔过去。赶到亮灯的地方，竟发现是一座华丽的大宅子。他来到宅门前，使劲敲门，敲了好一会儿，才有一个僮仆出来应门。

“我家主人出去了，只有太夫人在家，恐怕不便留宿。”僮仆对李靖说。

“烦请小兄禀报一下试试。”李靖再三央求。

僮仆只好进去禀报，过了一会儿，出来邀李靖进了大宅。

“太夫人来了。”李靖在大厅坐了一会儿，才见一位婢女出来说道。

老夫人青裙素袄，神气清雅。李靖赶忙上前拜见。

老夫人答拜说：“我两个儿子都不在家，照理不该让你留宿，但是现在天色已晚，你又迷了路，确实遇到了难处。不过我们是山野人家，儿子也许半夜才回来，回来又免不了大吵大叫，你可别怕。”

老夫人招待李靖吃了晚饭，饭菜非常丰盛，多半是鱼虾。吃完饭，老夫人回屋。两个婢女送来床席被褥，不仅干净，还都带着香味。

李靖心里嘀咕：在这山野间，哪会有什么东西在夜里吵闹呢？他越想越怕，不敢入睡，端坐着听外面的动静。

近半夜时，他听见了急促的敲门声，接着有人说话："这一道符命是告诉大郎君，现在应该行雨。在这山周围七百里，五更天时要降足，不能晚，也不能降得太多。"

又听老夫人说："两个儿子都没有回来，行雨的符到了，不能推脱，必须按时行雨，如果不能及时行雨，百姓有灾，我们也会被玉帝责罚。现在去报告大郎君，也已经晚了。僮仆没有行雨的能力，该怎么办呢？"

"今天来的客人不像是一般人，何不去求他呢？"一个僮仆建议道。

于是，老夫人亲自来到李靖门前叩门，问道："您醒着吗？可否暂且出来一下。"李靖连声答应，开门迎见。

老夫人对李靖说："贵客有所不知，这里并不是凡人的住所，而是龙宫。我大儿子到东海去赴婚宴，小儿子送他妹妹去了。恰好今天接到符命，按次序应该行雨。总计要在两处行雨，合起来超过一万里。他们来不及赶回来，一时又很难找到代替的人，只好麻烦您了。"

李靖说："我是俗人，不能乘云驾雾，怎么能行雨？如果有方法可以教给我，我也愿意帮忙。"

老夫人说："如果照我的话做，一定没问题。"于是，老夫人命人备好青骢马，取来雨器，系在马鞍之前。李靖仔细地观察雨器，发现只是一个小瓶。

老夫人嘱咐说："您骑马时不要勒马的缰绳，让它随便走就是了。马在奔跑嘶鸣时，你就从瓶中取出一滴水，滴到马鬃上。千万不要滴多了。"

于是李靖上马，腾跃而行，越走越高，不知不觉已来到云层之上。身边风急如箭，脚下雷声隆隆作响。马一嘶鸣，他就往马鬃上滴一滴水。

过了一会儿，在云层的缝隙中，他望见了寄住的小山村。他想："我正愁没办法报答乡亲的恩德。最近很久没下雨，庄稼都将旱死，而我手里就有雨，难道还舍不得给吗？”他担心一滴雨不足以灌溉土地，于是连下了二十滴。

李靖下完雨，骑马回到龙宫，却见到老夫人在厅里哭。

老夫人哭着说：“你怎么错得这么厉害？本来约好了下一滴，为什么私自下了二十滴雨？这一滴，就是地上的一尺雨啊！那个村庄在半夜时分忽然平地水深两丈，哪还有人能逃得出去？我已经受到责罚，挨了八十大板了！”

李靖看了看她的背，衣服上渗出了血迹，她儿子回到家，也一起受罚了。李靖呆呆地站在一旁，不敢说话。

老夫人又说：“您是人世间的凡人，不懂得云雨的变化，我不能怨您。过一会儿水龙大军要来，只怕吓着您，您还是快离开吧！”

李靖忍不住摇头叹气，惭愧极了。但他没有补救的办法，只好出了宅门。他走了几步，回头一看，发现刚才的宅院已经没有了。等到天明，他路过自己曾寄住的小山村，发现这里已经是汪洋一片，就连大树也只能露出树梢，一个人也没有了。

——据唐·李复言《续玄怪录》改编

麻姑献寿

Ma Gu Xian Shou

麻姑是一个美丽善良的姑娘，长着一双乌溜溜的眼睛，一对浅浅的酒窝，笑起来十分甜美。她喜欢穿着色彩艳丽的衣服，头顶上结一个大大的发髻，在田野和山间劳作。

麻姑很小的时候就失去了母亲，一直跟着父亲麻秋生活。麻秋主要靠替人养马为生，脾气十分暴躁，还经常打骂麻姑，但麻姑依然很孝顺。

一天，麻姑看家里剩下的食物不多了，就想着到山上摘点果子回来给父亲吃。她背上竹篓，来到山上，艰难地穿过荆棘，避开树枝，找了很久，终于找到一个又大又红的桃子。麻姑舍不得吃，把桃子小心翼翼地揣在怀里。

麻姑拿着桃子高兴地往家里赶，走到半路，看到路边围了一圈人。她好奇地走过去想看个究竟。原来是一位穿着黄衣衫的老婆婆病倒了。麻姑着急地走到老婆婆身边，轻声问："老婆婆，您怎么了？"老婆婆翕动着双唇，却发不出一点声音。

"她肯定是太饿了，要是吃点东西，或许还能活过来。"

"可是现在兵荒马乱的，大家都饿着肚子，到哪里去给她找吃的呀？"大家你一言我一语。

麻姑看老婆婆实在可怜，就从怀里掏出桃子，喂给老婆婆吃。

老婆婆吃了桃子，清醒了一些。围观的人纷纷夸赞麻姑。

"小姑娘，谢谢你，你真善良，要是你能再给我煮点儿米粥就更好了。"

老婆婆虚弱地对麻姑说。麻姑毫不犹豫地答应了。

麻姑回家煮好粥，正打算给老婆婆送去时，麻秋回来了。麻秋严肃地问："你端着粥要到哪儿去？"麻姑不敢隐瞒，便把路上遇到的事情告诉了麻秋。

麻秋听了，生气地说："我们自己还饿着肚子，你居然还要把粥送给快死的老太婆，太不像话了！"

"可是我们不能见死不救啊！一碗粥就能救活老婆婆，不是一件好事吗？"麻姑反驳麻秋。

"你居然还敢顶嘴，老实回屋里待着！"麻秋把麻姑关进了房间里，不准她出门。

麻姑很担心老婆婆，到了半夜，她趁父亲睡熟，悄悄从窗户里爬了出去，到厨房舀了一碗粥，给老婆婆送去。

当她走到白天老婆婆坐着的地方时，却发现老婆婆不见了，地上只剩下一颗桃核。麻姑把桃核捡了起来，又找了几圈，还是不见老婆婆，她怕在外面待久了会被父亲发现，只好先回了家。

麻姑累极了，握着桃核躺在床上就睡着了。睡梦中，白天的那个老婆婆出现了，她还是穿着黄色的衣衫，笑呵呵地说："好孩子，不用担心我，我已经没事了，你好好睡觉吧，我们还会再见的。"说完就消失了。麻姑从梦中惊醒，觉得老婆婆一定不是寻常人。

第二天，麻姑把桃核种在了院子里。神奇的是，才几个月，桃核就长成了一棵又高又大的桃树。到了第二年三月，树上就结满了又大又红的桃子。

麻姑感到很神奇，就摘下一个桃子尝了尝，桃子脆脆甜甜非常好吃。麻姑把桃子全部摘了下来，用来救济逃难的老人。这些老人吃了麻姑的桃子，不但不觉得饿了，还精神倍增，连身上的病痛也消失了。大家十分感谢麻姑，都说她是仙女下凡，还把她送桃的行为称为"麻姑献寿"。

后来，麻秋参军立了大功，国君把他封为大将军，还命他监管修建宫殿。

为了早日完工得到国君的赞扬，麻秋逼迫老百姓没日没夜地干活，只有每天鸡叫的时候，才让他们稍微休息一会儿。

“我要怎么样才能帮到他们呢？”麻姑看着这些受苦的百姓，心里十分难受。后来她想出了一个办法，就是每到晚间的时候，躲到鸡窝旁边学鸡叫。“喔喔喔！”麻姑学得非常像，所有鸡都跟着叫了起来。麻秋听到鸡叫，只好让大家休息。

后来，麻秋发现鸡叫得越来越频繁，怀疑有人在捣乱，便挥着鞭子恶狠狠地说：“不管是谁在捣乱，只要被我抓住了，一定狠狠打他一顿！”

麻姑听了父亲的话，非常害怕，于是趁父亲不注意，逃到了山上。麻秋发现女儿不见了，便知道是她在捣鬼。麻秋气得双眼发红，派人把麻姑抓了回来，锁进了闺房。

麻姑想再次逃走，但无计可施。这时候，穿黄衣衫的老婆婆出现了。

“小姑娘，我们又见面了，你还记得我吗？”麻姑一看，原来是上次病倒的老婆婆。老婆婆继续对麻姑说：“小姑娘，你很善良，做了很多善事，你不该留在这里受苦，还是跟我走吧。”麻姑知道自己没法再留在父亲身边，就跟着老婆婆走了。

这个老婆婆原来是骊山老母，她觉得麻姑是个善良的好孩子，所以这次专门回来解救她。麻姑跟着骊山老母潜心修炼，很快就得道成仙了。每到三月，麻姑还会给贫困的老人送桃子呢。

——据东晋·葛洪《神仙传》改编

智斗海龙王

Zhi Dou Hai Long Wang

东海上有座小岛，岛上土地又少又贫瘠。岛上有个村庄叫鲁家村，鲁家村的村民只能靠捕捞鱼虾和螃蟹过日子。

岛上很少下雨，地里的庄稼眼看就要干死了，村民们只好杀猪宰羊，到村外的龙王庙去求雨，希望龙王高兴了，就降下雨来。要是哪一年人们没有供奉猪羊，龙王就会一直不下雨。

这样年年供猪献羊，老百姓哪能吃得消？！于是人们纷纷背井离乡，离岛谋生，到最后，整个村庄只剩下了鲁大一家。

一天，鲁大的妻子看着空荡荡的米缸对鲁大说："鲁大，米缸空了，还不下雨，咱还是逃命去吧！"

"就快播种了，再给我点儿时间，我一定能想出办法！"鲁大拍着脑袋说。

第二天，鲁大去了龙王庙。庙里到处结满了蜘蛛网，端坐在庙里的龙王像由于长时间没人擦拭，落了一层厚厚的灰尘，像前的供桌也破了一个大洞。

鲁大走到龙王像跟前，作了个揖，说道："龙王呀！都是因为你太过贪婪，又不通人情，现在连个上香的人都没有。要是你能下一场大雨，让我今年秋天丰收，到过年的时候，我许给你一场大戏，热热闹闹地过年，怎么样？要是你觉得合适，今天就下一场雨，我一定会遵守诺言！"说完，鲁大就回家准备农具去了。

庙里值班的蟹精听见这番话，赶紧回水晶宫向龙王禀告。龙王一边捋着龙须，一边想：“村民一个个离开村庄，已经很久没有人给我上香，给我供奉好东西了。要是能借此机会，重整庙宇，也是不错的！”于是，他招来雷公、风婆，带了一些虾兵蟹将，来到鲁家村上空。

将近中午的时候，鲁大忽然听到一声惊雷，随着这一声雷，天空下起了瓢泼大雨。大雨把土地浇得又湿又透。雨过天晴，鲁大和妻子拿上工具和种子，去田里耕耘播种，忙得不亦乐乎。

禾苗一长起来，龙王为了看到大戏、享受到供奉，还暗中吩咐虾兵蟹将到鲁大的地里施肥除虫。庄稼越长越好，到了

秋天结满了饱满的稻子，金灿灿地散发着诱人的香味。

龙王已经好久没听过戏了。他想起了村民们每逢过大节都会来龙王庙集会，敲锣打鼓，多热闹！

龙王等啊等，终于等到了大年三十，美滋滋地想看一场好戏，却见鲁大拿了一把扫帚来到龙王庙。鲁大放下扫帚，上前作揖道："龙王呀！今年我收成很好，要过年了，我来请你看大戏！"

说完，鲁大挥起扫帚，开始手舞足蹈，又前滚后翻，庙里顿时尘土飞扬。龙王瞪大了眼睛左瞧右看，又侧起耳朵仔细听，咂了咂嘴，却怎么也感受不出戏的味道。

庙里充满了尘土，尘土里裹着一个上蹿下跳的家伙，他手里拿着扫帚，却让这积满灰尘的龙王庙更脏了。过了大约一炷香的时间，尘土里的家伙终于不再翻腾了，他举着扫帚，摆了个造型，活像一个冲错了阵营的武将。

龙王错愕地问："鲁大，你扫地做什么？戏呢？"

鲁大愣了一下，说："龙王，我刚才就是在表演大戏，很热闹吧！"

龙王一听，气得差点晕过去。他伸出龙爪要抓鲁大，鲁大连忙躲到供桌下面去。那龙爪绕不过弯，怎么也抓不到他。鲁大躲了一会儿，找机会逃出了龙王庙。

龙王气得龙眼圆睁，龙须倒竖，气愤地说："好你个穷小子，胆敢捉弄本王。明年我定要你颗粒无收，咱们走着瞧！"

说完，龙王吩咐手下的蟹精："来年不管他的田里种什么，都只准长根，不准结果！"

第二年，鲁大种的是番薯，在蟹精的"帮助"下，番薯越长越大，最后竟长得跟大腿一样粗。

龙王听说鲁大获得了大丰收，生气地说："来年，让他种的东西长叶子，不准长根。"可鲁大来年种的是大白菜，蟹精又把大白菜养得好极了。

龙王两次报复都没有成功，气得暴跳如雷。一旁的龟丞相出主意说：“大王何不叫人把那可恶的鲁大抓到龙宫里，好好教训一顿呢？”龙王听了，赶紧命蟹精去抓鲁大。

蟹精来到鲁大门前，刚要进去，就听见鲁大夫妇正在厨房商量家务。鲁大说：“一会儿你叫阿大提蟹去，今晚我们吃蟹。”鲁大是想让大儿子下海去捉沙蟹，蟹精却以为鲁大要吃自己，吓得逃回了水晶宫，把事情的经过添油加醋地向龙王禀告了一番，说鲁大是个神人，能未卜先知，要不是自己逃得快，恐怕现在已经没命了。

龙王将信将疑。龟丞相又出主意说自己可陪同龙王亲自去抓鲁大，龙王答应了。

傍晚，龙王与龟丞相出了海面，隐身来到了鲁家村。龟丞相说：“大王，我从前门进去，你从后门进去，这样鲁大就插翅难逃了。”

这时，鲁大刚耕田回来，他把自己从田沟里捉到的一只乌龟扔给在门前玩耍的大儿子，然后就进屋做饭去了。过了一会儿，他听到小儿子大喊：“大黄跑了！大黄跑了！”原来是栓在后门门口的老黄牛挣断了绳子。鲁大一听，连忙朝大儿子喊：“阿大，你把乌龟交给阿小，再去拿根绳子来，跟我出门去抓大黄。”

刚来到前门的龟丞相一听，鲁大要把自己交给阿小，还要到后门去抓大王，心想还是赶紧逃命吧！后门的龙王一听，以为前门的龟丞相已被抓住，鲁大和阿大还要拿绳子来抓自己，也吓得逃回龙宫去了。原来，他们两个不仅把鲁大口中的乌龟当成了龟丞相，还把“大黄”听成了“大王”。

从这以后，龙王再也不敢为难鲁大了，还按时给岛上降雨。鲁家村的村民听说岛上风调雨顺之后，又陆续回来了，鲁家村的日子也越来越好了。

——据中国民间神话故事改编

哪吒闹海

Ne Zha Nao Hai

陈塘关总兵李靖的夫人怀了一个孩子，一直怀了三年零六个月，终于要生了。

李靖正在屋外着急地来回踱步，丫鬟慌慌张张地跑来禀告：“老爷，大事不好了，夫人生了一个妖怪！”

“怀了那么久才生，我早已料到是妖胎。”李靖一边说一边拔出宝剑，冲进内室，只见地上有一个红色的大肉球滚来滚去。李靖挥起剑朝肉球劈去，哗啦一声，肉球一分为二，从里面蹦出一个活蹦乱跳的小男孩。

这个小男孩白白胖胖的，圆鼓鼓的肚子上围着一块红绫，肉乎乎的手臂上套着一只金光闪闪的金镯。他连蹦带跳地跑到李靖夫妇面前，奶声奶气地叫：“爹爹！娘亲！”李靖夫妇看这孩子聪明可爱，非常高兴，再也不说他是妖怪了。

过了几天，一个叫太乙真人的神仙来李靖家祝贺：“恭喜李将军，听说你得了一个神奇的娃娃。”

“多谢大仙，几日前，内人刚生了个十分顽皮的小子，怕不好管教，还望大仙指点一二。”李靖谦虚地说。

“你是谁？我不认识你。”在他们说话的时候，哪吒已经跑到了太乙真人跟前。

“贫道道号‘太乙’，你叫什么名字呀？做我的徒弟可好？”

“我还没有名字呢！为什么要做你的徒弟？你有什么厉害的本领吗？”哪吒问道。

“哈哈哈！”太乙真人大笑着说，“你这孩子倒是机灵得很。我知道你的两个哥哥叫金吒和木吒，贫道给你取名为‘哪吒’，怎么样？我的本领可多得很。我知道你身上的红绫叫混天绫，手臂上的金镯叫乾坤圈，它们是难得的宝物。你做我的徒弟，我就教你怎么用它们。”

哪吒听了，欢喜地拜太乙真人为师。在太乙真人的指点下，哪吒的本领越来越大。

一转眼，哪吒七岁了。有一天，他趁爹娘不在家，一个人偷偷跑了出去，一口气跑到了东海附近的九龙湾。“天这么热，下去洗个澡一定很舒服。”哪吒高兴地跳进了海里。

“光洗澡也太无聊了，师傅说我的两件法宝很厉害，我为什么不试试它们的威力呢？”于是哪吒解下身上的混天绫，在水里用力挥动起来，顿时掀起了滔天巨浪。

“哈哈，这法宝果然厉害！再试试乾坤圈。”哪吒又取下乾坤圈，在水面上晃来晃去，海水翻腾得更厉害了。

坐在水晶宫里的龙王听见宫阙震响，又见宫里的虾兵蟹将们一个个晃来晃去，东倒西歪，忙问发生了何事。

三太子敖丙晃晃悠悠地走到龙王面前，说：“父王别急，我去看看是谁在搞鬼，把他抓回来审问。”说完，他就骑上水兽，来到海面。

敖丙钻出海面一看，原来是一个小娃娃在作怪。敖丙冲哪吒大喊：“小鬼，你竟敢在东海胡闹，看我怎么收拾你！”

敖丙提戟向哪吒刺去，哪吒却毫无惧色，挥动混天绫，混天绫径直朝敖丙飞去。敖丙想要伸手去抓，刚一抬手，就被牢牢缠住，动弹不得，从水兽上掉下来。哪吒赶紧上前捉住敖丙，举起乾坤圈，朝他头上一打，锵的一声，敖丙就瘫在地上，化为龙形，死了。

“这家伙太不经打了！不过，把他的龙筋抽了送给父亲应该不错。”于是，哪吒抽了龙筋，美滋滋地回家了。

龙王听说自己的儿子被哪吒打死，还被抽了龙筋，气得两眼发红，立刻去找李靖理论，还说要上禀天庭，请玉帝评判。李靖夫妇既担忧又无奈，连声埋怨哪吒。哪吒却听了师父的话，拦住龙王打了一顿。龙王更加生气，立刻找来南海、北海和西海的三位龙王，召集了虾兵蟹将前往陈塘关，抓了李靖夫妇就要上天庭。

哪吒这才知道闯了大祸，他跪在父母面前，说道：“爹爹，娘亲，一人做事一人承担，我打死三太子理应偿命，怎能连累父母。”

说完，哪吒拔出剑来，剜肠剔骨，一命归西，他的魂魄也离开身体四处飘散。龙王见哪吒用自己的命偿还了儿子的命，便放了哪吒的父母，撤兵回了龙宫。

李靖夫妇失了爱子，悲恸欲绝，当他们打算埋葬哪吒时，却被急忙赶来的太乙真人阻止了。

“哪吒用自己的命赎了罪，但我有办法让他复活。”太乙真人取来莲藕制作了一副躯体，又取来荷叶收集哪吒的魂魄。之后，他又把哪吒的魂魄装进莲藕做成的躯体中。真是奇迹，哪吒复活了！

哪吒复活后赶忙跪下向太乙真人道谢。太乙真人说：“孩子，你之前犯了大错，也为此付出了生命，如今师父给了你第二次生命，希望你以后不再胡来，好好做一番事业。”哪吒连连点头。接着，太乙真人又送给哪吒两样宝贝：尖利的火尖枪和会飞的风火轮。

后来，哪吒跟随了姜子牙，一路屡立战功。

——据明·许仲琳编《封神演义》改编

大闹天宫

Da Nao Tian Gong

传说，花果山上有一块奇怪的石头，它吸收了太阳和月亮的精华，慢慢地有了灵性。有一天，石头突然崩裂，从里面跳出来一个石猴！

从外表看，石猴跟一般的猴子没什么区别。但是他力大无穷，十分勇敢。别人不敢上的山，他敢上；别人不敢进的洞，他敢进。他发现了“水帘洞”，就把猴子们带进去住下，他也被猴子们拜为“美猴王”，做了花果山的大王。

不过，石猴并不贪恋花果山的安逸生活。在见过猴子们的生、老、病、死之后，他希望能摆脱这种苦恼。于是，他独自乘着小船，漂流到大海的另一边，想要寻找神仙，学习长生不老的法术。

海那边的菩提祖师被这只石猴的诚心感动，决定收他为徒，给他取名叫“悟空”，教他做人，传给他各种本领。过了十年，孙悟空学到了长生不老的本领，还学会了七十二般变化，成了一个神通广大的神仙。他还学会了“筋斗云”，一个筋斗能翻十万八千里！

孙悟空学成本领之后，菩提祖师就让他离开了。他回到花果山，却发现花果山荒凉破败。原来，在孙悟空走后，一个混世魔王占领了水帘洞，还杀了不少猴子猴孙。孙悟空气得跺脚，问清混世魔王的住处，找他报了仇。

随后，孙悟空还抢了傲来国的兵器，教小猴们武艺。

孙悟空仗着一身神通，又去东海龙宫讨要兵器。龙王见了他的本事，诚惶诚恐，毕恭毕敬，命人抬出了好多兵器。但孙悟空都看不上，总是嫌轻。

最后，龙王不耐烦了，便将孙悟空引到当年大禹治水时放下的一根铁柱子旁边。这根神铁柱被唤作“如意金箍棒”，重一万三千五百斤，还可以变大变小——大了，可以顶破天空；小了，可以像绣花针一样放进耳朵里。

孙悟空得了“如意金箍棒”之后，便去大闹了冥府，将所有猴类从生死簿上都划掉了。这样一来，所有猴类便都可长生不老了。

受了委屈的阎王和东海龙王都跑到天庭去告状。玉皇大帝大怒，打算严惩孙悟空。这时，太白金星出了个主意：“孙悟空是天地化育的石猴，缺乏管教，不如把他招上天来，给他个闲职做做，把他困在天上。”玉帝觉得有理，便命人拟了一封诏书，让孙悟空到天上当养马的“弼马温”。

孙悟空以为“弼马温”是个很大的官，得意了好一阵子。他每天用心喂马、放马，把马养得又肥又壮。后来却发现，这“弼马温”是个顶小顶小的“芝麻官”，到处被人嘲笑。他气坏了，把官服一脱，挥起金箍棒，杀出南天门，回了花果山，自封为“齐天大圣”。

玉皇大帝见孙悟空不服管教，就命令托塔天王李靖和三太子哪吒去抓捕孙悟空。可是，这父子俩都被孙悟空给打败了。他们根本挡不住孙悟空的金箍棒！太白金星又建议玉帝封孙悟空为“齐天大圣”，让他留在天上。玉皇大帝只好同意了“齐天大圣”的封号，又让孙悟空上天看管蟠桃园。

可孙悟空本来是个猴子，最爱吃桃，没几天，他就

天门

把园子里的大仙桃吃了个干净。到了王母娘娘开“蟠桃会”的时候，仙女们来摘仙桃，却发现只剩下又小又青的桃子了。

孙悟空盘问前来摘桃的仙女时，发现蟠桃会邀请了很多神仙，唯独没有邀请他——他又被神仙们看不起了！他这回真的发怒了，干脆继续搞破坏。他先是来到瑶池把要给神仙们喝的酒偷喝了，又跑去太上老君那里，偷吃了他的宝贝仙丹。这可闯了大祸了！酒醒之后，孙悟空连忙逃回了花果山。

玉皇大帝得知后大发脾气，派了十万天兵天将，布下天罗地网，要捉拿孙悟空。但是，没想到十万天兵天将也打不过他。孙悟空拔一撮猴毛，就能变出千千万万个猴子和他一起作战。

玉皇大帝又派二郎神杨戬捉拿孙悟空。二郎神带着哮天犬，使出浑身解数，跟孙悟空斗智斗勇。孙悟空变成麻雀，二郎神就变成老鹰；孙悟空变成鱼，二郎神就变成鱼鹰；孙悟空变成水蛇，二郎神就变成灰鹤……孙悟空见斗不过二郎神，便变成了一座土地庙，不料又被识破。两人继续争斗，天上观战的太上老君趁机扔下了乾坤镯，把孙悟空砸倒在地。众神顺势抓住了孙悟空，把他捆了起来。

天神们想把孙悟空处死。可是，刀枪伤不了他，就连雷电劈在他身上也像是给他挠痒痒，最后只好把孙悟空丢进太上老君的炼丹炉里。太上老君点起了炼丹用的大火，把孙悟空烧了七七四十九天。

太上老君琢磨着，这么大的火，总该把孙悟空烧死了，可没想到，孙悟空躲在炼丹炉的一处角落，毫发无损。等太上老君一打开炉子，孙悟空立马跳了出来。这大火没炼出仙丹，反倒给孙悟空炼出了“火眼金睛”！

孙悟空一脚踢倒了炼丹炉，直飞到凌霄宝殿，把大殿砸了，吵着要玉皇大帝退位，自己当天庭的主人。玉帝赶忙叫使者去西天请如来佛祖降伏他。

如来佛祖带着两位尊者赶到，喝止了孙悟空的暴行，但孙悟空根本不把如来佛祖放在眼里。如来佛祖伸出了一只大手，和孙悟空打了个赌，如果孙悟空有本事一筋斗翻出如来佛祖的手掌，就算孙悟空赢，如来佛祖便请玉帝去西方居住，把天宫让给孙悟空。

孙悟空哪里经得起这“激将法”，马上应战。

只见孙悟空纵身一跃，身旁的云雾匆匆后退，耳边疾风不止，不一会儿，就看见五根大柱子立在云雾之中。他心想：这应该就是天边了，如来佛祖真是可笑，我就在这柱子上留下记号，回去作为取胜的证据。于是，他变出一支毛笔，在正中间的柱子上题下了“齐天大圣到此一游”八个大字。写完了，他又跑到第一根柱子旁偷偷尿了一泡尿，这才满意地翻一个筋斗，回到原处。

孙悟空指着如来佛祖说：“如来，你已经输了！快叫玉帝老儿把位子让给我吧！刚才我已经飞到了天边，还在天边的柱子上留了记号。你要不信，就跟我去看看！”

如来佛祖大笑道：“不知天高地厚的猴子，看看我手指上写的什么！”孙悟空不以为意地回头看去，在如来佛祖的中指上，竟然写着“齐天大圣到此一游”。他觉得不可思议，赶忙凑到如来佛祖的大拇指旁，果然有一股尿骚味。孙悟空如梦初醒，大叫道：“不好，中计了！”

孙悟空转身要跑，这时，如来佛祖翻下手掌，将孙悟空推出西天门外，又把手变为一座五行山，把孙悟空压在下面。孙悟空奋力挣扎，不一会儿就把头钻了出来。如来佛祖又让弟子去山顶上贴了一道符，孙悟空就再也不能出来了。

——据明·吴承恩《西游记》改编

沉香救母

Chen Xiang Jiu Mu

在西岳庙内的雪映宫里，住着玉帝的三女儿三圣母。三圣母美丽善良，百姓向她求签问卜，无不灵验。

一年春天，一位名叫刘玺，字彦昌的书生上京赶考，正好经过西岳庙。他听说三圣母非常灵验，便到庙里去求签，问问前程。没想到，这天三圣母不在庙里，刘玺一连抽了三支空签。他想到自己寒窗十载，功名无望，又悲伤又怒气冲冲地在墙上写道：“彦昌提笔气满腔，怒怨圣母三娘娘。连抽三签无灵验，枉受香烟在此间。”写完诗，刘玺消了气，又继续赶路去了。

三圣母回到庙中，看到墙上的诗，又羞又恼，于是吩咐丫鬟去请风伯、雨师、雷公和电母，让他们行云布雨，教训一下这个狂徒。

这时，刘玺正走到荒凉之地，忽然间电闪雷鸣，狂风大作，下起了暴雨。他环顾四周，没有一个能避雨的地方，立刻就被淋成落汤鸡，还摔倒在泥泞里。三圣母心里不忍，就让四位仙师停止作法。

三圣母变成一名村姑来到刘玺身边，把他领到一处村居，周到照顾。这期间，刘玺和村姑林间同游，灯下伴读，互生爱意，随后便结为夫妻。

他们婚后过得十分幸福，难舍难分，但考期越来越近，刘玺只好恋恋不舍地赴京城应试。

很快，三圣母与凡人结为夫妻的事就被玉帝知道了，玉帝大怒，立即派二郎神前去捉拿三圣母。可三圣母宁可被除去仙籍，也要跟刘玺在一起。二郎神一气之下，就施展法力把三圣母压在了华山脚下。

刘玺进京参加考试后高中，被朝廷派往洛州出任知县。他心里念着三圣母，一路上快马加鞭往家赶。可当他春风得意地回来时，往日的茅草屋早已消失得无影无踪。刘玺四处打听妻子的下落，可大家都说这儿从没有过什么村庄。刘玺渐渐心灰意冷，一个人孤零零地前往洛州赴任。

三圣母与刘玺生活的日子里已有了身孕，在被压在华山下时，她生下一个健康的男孩，取名为沉香。她写了一封血书，将沉香包裹起来，让丫鬟把沉香和书信送到刘玺身边。

直到此时，刘玺才知道自己的妻子就是三圣母。他想到三圣母被压在华山下受苦，又气愤又心疼，但他只是一个文弱书生，什么也做不了，只能尽力把儿子沉香培养成才。

沉香渐渐长大懂事了，却从来没有见过母亲。一天，沉香问父亲："我的母亲去哪儿了呢？"刘玺叹了口气，这才向沉香说出实情。沉香悲痛极了，下决心要去华山救出母亲。可父亲却对他说："你还是个孩子，怎么能对付得了二郎神呢？"

为了去救母亲，沉香到山上拜师习武，苦练武艺。每当他累得想休息一会儿时，只要一想起母亲还在华山脚下受苦，他就能继续坚持下去。

光阴似箭，沉香已经成长为一个武艺高强的少年，于是告别师父独自前往华山。沉香翻越一座又一座高山，蹚过一条又一条河流，饿了就摘野果饱腹，渴了就用手捧泉水喝。沉香日夜不休地在山中行走，身体被树枝划出了许多伤痕，双脚也被石头磨破了。他在路上吃尽了苦头，终于到了华山。

可是母亲在哪里呢？望着层峦叠嶂的高山，沉香不知所措，忍不住放声大哭起来。沉香的哭声在空谷中回响，惊动了路过此地的仙人。好心的仙人忙问沉香："孩子，你怎么一个人在这大山里哭泣呢？是不是迷路了？"沉香抽泣着把事情告诉了仙人，仙人被沉香的孝心所感动，送给他一把萱花开山神斧，助他救出娘亲。

沉香先来到二郎神庙前，向二郎神苦苦哀求。谁知二郎神铁石心肠，不但不肯放出三圣母，反而舞起三尖两刃刀，想让沉香知难而退。沉香觉得二郎神欺人太甚，便抡起神斧与他打起来。两人刀来斧往，打得山摇地动，天昏地暗。沉香越斗越勇，最后，二郎神招架不住，落荒而逃。

沉香立即回到华山，举起萱花开山神斧朝着西峰顶奋力猛劈。只听见轰隆隆一声巨响，巨石被拦腰斩为两截，三圣母从巨石下走了出来。受尽苦难的三圣母终于重见天日，她与儿子紧紧抱在一起，泪流满面。

刘玺知道儿子把三圣母救出来后，便辞去官职，来到华山隐居，一家三口幸福地生活在一起。

——据唐·戴孚《广异记》改编